和權 ——

著

詩
三
百

1992年，和權榮獲台灣第十六屆中興文藝獎章「新詩獎」。

前言

菲華著名詩評家　李怡樂

　　《和權詩三百》，三百首詩，有些是新近創作，大部份選自各本和權詩集。

　　和權從十五歲開始寫詩至今，詩路寂寞而艱辛，在他數十年如一日的努力下，詩思、詩藝的境界，均取得飛躍性的提昇，形成了獨特的詩創作風格。

　　《詩選》裡的作品，在和權的創作歷程中，都是具有某種意義的「代表性」。通讀和權的作品，令人感到用心靈寫出的詩，是最動人心弦的歌，是最賞心悅目的畫。

　　本書中，詩的注釋僅供讀者參攷。其中，有筆者領悟的心得，有摘錄於和權詩集裡的評論文章，希望對讀者鑑賞和權的詩作有所幫助，是所至盼。

小茅屋亮着的笑聲
——我讀和權詩

殷建波

　　第一次讀和權兄的詩，有中了流彈的感覺，什麼叫流彈呢？就是子彈不是針對你射來，偏偏你被打中了。相遇是偶然，這偶然卻給我留下好像被子彈打中那般深刻的印象。

　　接著再讀和權的詩，就有過癮的感覺，這種癮的特徵是：讀完一首之後，想再讀一首，然後再讀一首。像夏天吃牛奶芒果冰，一口芒果一口冰，哎呀，消暑去熱的暢快不說，那甜中帶點酸的滋味，就要人停不住嘴了。所以每次上網，就會前後掃瞄，尋覓他的新作，像追連載小說，先睹為快。

　　我首先發現，和權的詩有一大特色：虛線。我從沒想過，這條虛線竟然有如此妙用，虛線一擺，讀者立刻明白，詩至此會有轉折，有新的變化。於是詩人施展各種手法，或轉移場景，或轉變情緒，或更換口氣，或扭轉情節，變化多端，令人嘆為觀止。

　　這是他的獨門絕學，也構成他的特殊風格。我打算為他這種虛線體裁取個名字，唔，就叫：「和權體」好了。

　　這和權體似乎很容易模仿，曾經讓我也躍躍欲試，不就是條橫線嗎？而且是條斷裂的線，真有那麼困難嗎？舉筆躊躇再三，赫然發現，這條虛線在他手上出神入化，已經難以超越，自己無法另出新意，只得放棄。嘆哉斯人，竟在江湖六大門派之下，再立和權派，推出能跟六陽指齊名的虛線神功！

　　和權的詩可欣賞處甚多，其中之一，是他的視角十分廣闊。他不會只在自己的身上留連不去，三百六十度全方位，幾乎都在他的觀照範疇。他總會讓我訝異，這個東東你居然會看見，然後又會令我驚奇，這個東東你居然會產生這樣的聯想！拜讀之後，就很有收穫感，覺得今天自己的思想又增加了深度、擴展了廣度。

　　怎麼形容他題材的寬廣呢？作為一個寫詩人，我都忍不住要從

他的詩中汲取題材，有時實在寫無可寫了，就瀏覽他的作品。譬如看見他寫颱風，就想對呀，我沒寫過颱風，這怎麼可以呢？連颱風都沒看見，我的眼睛怎麼就沒他好呢？於是我就以此為題，也寫一首，然後我決定，絕對不把此事告訴和權兄。

這裡隨意選了四首詩，沒有使用各種文學理論來解剖分析，只用一顆開放而又直觀的心靈，和你一齊分享，去品味那和權詩中如茶的淡香，那如酒的餘韻。

故鄉

遲早要回去
回去你所來自
的
天外天
故鄉

然後
日夜思念
你現在棲息
的
另一個
故鄉

初讀此詩，會以為故鄉代表一般鄉愁詩中的「故鄉」。也許因為不知道能不能回去，或者相信自己回不去了，鄉愁才會如此傷感，如此教人縈懷吧。

但是想一想，再怎麼懷念故鄉，也不是每個人都能回去的，對嗎？可在此詩，這故鄉是遲早要回去的，這種肯定和毋庸懷疑的語氣，只能說，這故鄉另有所指。關鍵詞在：天外天。天外天，那應該指的是我們在天上的故鄉啊，我們從那裡來，也將回去那裡，這

是命定的歸宿。回去，當然是遲早的事了。

　　而現在的棲息地，也就不難理解了，說的就是紅塵人間啊。紅塵的情，人間的夢，能不令人留念嗎？經歷越多，牽纏越深，對此美好人世，肯定越難割捨，你說對嗎？

　　這個必定要離開的地方，人還沒走呢，只不過是想到，若是真離開此地，一定會日夜思念的。當初這個陌生的人世，如今愛戀的程度，又與故鄉何異？在這裡出現的悲歡，在這裡產生的回憶，是多麼令人千般眷戀，多麼令人萬般不捨。

　　和權不一般的抒情手法，竟是如此迷人。他把一個日夜思念這份情感，輕輕移植入我們的胸腔，讓我們也為這個棲息的故鄉，同樣深陷其中而不能自拔了⋯⋯

星語

遠天的星子
閃著
淚花

在對你說話呢
說
又有幼嬰
遭遺棄
在黑暗中
說
飢餓的哭聲
沒人
聽見

　　我喜歡這首詩，是因為我體會到詩中一份無限悲憫的情懷。這裡沒有尖銳的指控，沒有嚴厲的譴責，只有關心，只有提醒，只有

淚花，只有溫和的語音：在對你說話呢。

也許只有在這樣的溫和的情境中，我們才更能袒開心胸，被那棄嬰，那又一個棄嬰的苦難，深深觸動。詩人希望我們聽見嬰兒的哭聲，希望我們感受她的飢餓，他沒有要求我們做什麼，因為憐憫必須是自發的，必須來自我們的心底，來自那一根被撥動而顫抖的琴弦。

一個詩人總不能只是顧影自憐，不能只是嘆息落紅飛去，應該抬眼看看人間的艱苦，世間的困難。此刻抬頭看天際，有沒有看見閃著淚花的星子呢？有沒聽到星子在對你說話呢？

把這份垂憐依托天上（星子），是最動人的寫法，象徵了上天對人世的關愛，展示了如神明似的慈悲。憐我世人，憂患實多，憐我世人，憂患實多！

我有些被催眠的感覺，恍恍惚惚總像聽見詩人（還是星子），在對你說話呢，在對你說話呢，以及背後那飢餓的哭聲……

爆發

忍無可忍
今日
誓要打破沉默
拚盡全力
把腹中
積聚千年萬年的
忿怒
大聲地
吐露出來

火山
用冲天的熱漿
告訴世人

你們

太過份了

現實中打拼，看多聞多，怎會沒遇到不平？怎會沒受過委曲？怎會沒有滿腹的憤慨？

當詩人說忍無可忍，誓要打破沈默的時候，我們對他這種憤怒感實在太熟悉了，對這種壓抑感實在太了解了，剎那間，我們也追隨詩人強烈地爆發了，要把那股氣，那些忿怒盡情的，大聲的吐露！先別管他的原因究竟是為什麼。

虛線後，才發現，噢，那個膽敢站出來，膽敢大聲吐露心聲的，原來是火山。和權體虛線的妙用，在此又是一個明證。虛線前半個字不提火山，虛線後火山冒出來承擔責任。這樣的銜接本來有點突兀，但是虛線已經提前暗示，在這之後將是一個躍接，要準備好哦。

火山沖天的熔漿，是理直氣壯的，因為他是受害方，他是被逼的，因為世人太過份了。過份不就是越界嗎？越界就是侵權，法律很清楚的，這不能怪火山呀，都是世人害的。

世人如何太過份了？這不重要。但是可以肯定世人絕對會有很多太過份的地方，有過太多令人不能接受的行舉。所以火山噴發，只不過是受害者自己要伸張正義，要伸訴不平而已，我們當然要支持他！潛意識中我們已認同了火山，把火山視為自己的「代怒人」！

可是世人是誰？是我們呀！咦，我們好像一時自以為是火山，一時又是世人。和權兄，你好手段！

這裡面的圈圈繞繞也許並不重要，重要的是我們借火山終於好好出了一口氣，可以義正詞嚴大聲地說：你們太過份了！哎呀，真是爽啊！這種發洩太解氣了。不管了，不管自己是火山或是世人，來，讓我們再大聲吶喊：

你們

太過份了

夢中

人生是一場夢
如果
夢中有妳
那就繼續
做下去吧

夢中
黑暗的山頭
永遠有笑聲
亮在
小小的
茅屋裡

　　讀這首詩，覺得天地靜了，周遭靜了，心也靜了，而一股暖意
從丹田慢慢升起，在胸口泛開，很溫暖，很舒服，這首詩恬淡中真
是溫馨啊。

　　虛線前，是一個很平穩的聲音，用一種寵愛而又包容的語氣，
向一個明顯是十分親近的人說，我了解這個遊戲（人生），它對我
只是個夢而已，不過，只要你想玩，那好，我願意陪你，我們就繼
續下去。背後的潛台詞何等感人，他在說，人生這個夢，是因你才
有繼續的理由，因你才對我有了價值和意義。這是多麼深濃，卻又
溫柔無比的愛啊，以一個經歷世故、悟透生命的口吻，在平淡的話
語中，蘊含無限的深情。

　　虛線後，是幸福的美景，一間小茅屋，傳來永遠的，代表幸福
的笑聲。這笑聲像亮著的燈光，黑暗的背景下，在很遠的地方，應
該都能看見，都能聽見。那是誰的笑聲呢？這時候詩前段的溫暖好

像滲透過來了，這份溫暖緩緩的充盈滿溢在小茅屋裡，讓我們也不由自己的微笑，靜靜看兩個遊戲中的人影，悄悄聽他們在盡情歡笑。如此幸福滿足的小茅屋，永遠留在人生，這夢中。

這份濃濃卻隱藏在淡淡言語中的愛寵，在後段被形象化了，被燈光化了，被聲音化了，讀之再三，怎能不教人喜歡和讚賞呢？

因為虛線的存在，後半段詩所說的「夢中」，也可以脫離前半段人生如夢的喻意，就是單純的夢而已。這麼歡樂和美好的時光，在夢中雖覺得是永遠，夢醒後應該會覺得過於短暫的吧？令人何等惋惜啊。

和權寫的抒情詩，就是不一般的迷人啊。我想就這樣留在小茅屋裡，不願離開⋯

欣賞了和權兄的詩，也說說咱倆的「交情」。

和權兄我其實素未謀面，在網上也只有過三言兩語的交流。不過可能因為好些天在讀詩寫文的關係，有個晚上我竟然夢見和權兄。夢中我與和權兄暢論唐詩及新詩，有得遇知音的痛快淋漓。日有所思，夜有所夢，庶幾如是！

人生能在夢中相見歡者，得有幾人！可惜，難得和權兄登堂入夢，夢中有詩卻無酒，想想，實在是慢待詩人了。

古人說白首如新，傾蓋如故，讀其詩，想其人，對和權兄，我彷彿已有了傾蓋如故的感覺。

二〇一六年一月四日

愛心博大　詩藝精湛
——讀和權的《霞光萬丈》

華中師範大學文學院　王常新

一九九三年八月二十五日，菲律賓《世界日報》以整版篇幅，刊登了我的《和權詩中的愛心》一文，二〇〇八年我出版《台港詩歌評論集》，將這篇論文放在七十篇之首。由此可見我與和權先生的緣分。現在我又獲贈《霞光萬丈》，自然要再寫一篇心得作為回報。

先說愛心博大：

和權五十年來出版了十餘本詩集，博大的愛心始終像一根紅線，貫串在他的詩作中。《憐憫》一詩吟道：「妻，笑問：／人的憐憫之／心／有多大？／／微笑著我抬頭／望天／呵！／那無邊無際的／廣袤」。和權的愛心就像天空一樣的廣袤。在《礦源》中，詩人指出：「發現時／你深覺欣／喜／／悲憫是愛／愛是詩／詩是／無盡的礦源」。在和權看來，愛就是詩，詩就是愛。

我們看見，和權像「雨後／顯現於天際的／彩虹／憂心忡忡地／俯瞰／人間」。（《美麗的橋樑》）「貪腐啊／貧窮啊／／痛苦／才發覺波濤洶湧的／／岷灣／也不過／那麼淺」（《小民的痛苦》）因為官吏們貪污腐化，害得小民貧窮。他們的痛苦比岷灣還要深。詩人用對比法突出了小民的痛苦。《垂淚》吟道：「毒奶粉／瘦肉精／毒豆芽／問題膠囊／注水肉／假牛羊肉／病死豬／／我望見／觀音／在燭光裡默默地／垂淚」。食品、藥品的監管部門只知收受奸商的賄賂，根本不管老百姓的死活，連救苦救難的觀音菩薩，也無能為力，只能默默地流淚。讀完這首詩，我們必然憤慨：這是怎樣的世道！

和權的愛心既然像天空一樣的廣袤，他就不會只是關心祖國的小民，《無淚》吟道：「看見電視上／非洲母親抱著／活活餓死的／嬰兒／她深陷的眼睛／癡呆／無淚」。和權對於非洲人民的災難，

寄予了深切的同情。戰亂頻頻，給世界人民帶來無窮的災難。在
《飾》中，詩人描寫戰爭販子反天道而為之：「上蒼／飾藍天以飛
鳥／飾大地以繁花／／人們／飾天空以戰機／飾江山以炮火」。在
《照亮》中，詩人揭露了世界憲兵美國虛偽、醜惡的嘴臉：「不是
在中東／就是在亞洲的／天空／無數的炮火／閃爍閃／爍／照亮了
／美國的／正義」。中東和亞洲離美國十萬八千里，和它根本不相
干。該地區的人民完全有能力解決自己的問題。可是，美國卻要打
著正義的幌子，到那裡燃起熊熊的戰火。可以想見，在無數炮火的
閃爍下，有多少建築物變成一片瓦礫，有多少老百姓血肉模糊、身
首異處。忘記歷史，就意味著背叛。請讀和權的《溯流而上》：
「歷史／一條奔馳的江河／／假若溯流而上／你會不會驚慄於／一
把／嗆然出鞘的／武士刀？／會不會驚慄於／刀尖上／刺著嬰兒？
／會不會驚慄於／中國／龍／公然被肢／解？」。從一九三一年侵
佔我東北三省開始，日寇占我國土，姦淫燒殺無惡不作。我國幾千
萬人民死於非命。今年是抗日戰爭勝利七十周年，日本當局還在玩
著逃避侵略罪名的勾當。我們怎能不警惕呢！和權的可貴之處就在
於，他沒有忘記歷史，他時刻提高著警惕。詩人還進一步指出必須
制止戰爭的擴大和升級，不然的話，人類文明將遭到毀滅的命運：
「唉！／一旦炸回石器時代／核彈／還有什麼用？」（《核彈的煩
惱》）

再論詩藝精湛：

瘂弦非常欣賞和權的短詩，譽之為「華文詩壇一絕」。張默也
稱讚「和權善於經營小詩。」作為「創世紀詩社」的同仁，他們都
是和權的知音。我很贊同他們對和權詩歌的評價。

雪萊在《為詩辯護》中說「當習以為常的印象不斷重現，破壞
了我們對宇宙的觀感之後，詩就重新創造一個宇宙。」和權的小詩
大多取材於現實生活，如果不能重新創造一個宇宙，還是重現人們
習以為常的印象，讀者就要厭煩讀它了。可貴的是，和權有化平凡
為神奇的功夫。請看《失業》：「一面喝著委屈／一面詛咒人間的
／不平／我沒醉／／醉的是／搖搖欲墜的月／亮／如果它掉下來／

哈！／歡迎加入／失業／大軍」。一個失業者借酒澆愁，這是一個很普通的社會現象。如果照直寫來，讀者就會感到味同嚼蠟。和權的高明之處在於：它將抽象的情感擬物化，把委屈擬物為澆愁的酒。給人的感覺既新穎，又生動。明明他喝醉了，搖搖晃晃的；他卻說自己沒醉。醉的是搖搖欲墜的月亮。下面又將月亮擬人化，想像它從天空掉下，加入到失業大軍。這種超現實的寫法，更突出了失業現象的嚴重性。人們形容夫妻關係親密，總說什麼鴛鴦戲水、鶼鰈情深。和權就不彈這種老調。他的《鞋子》吟道：「一起登山／一起涉水／夫妻／是一對漂亮的鞋／子／／如果／一隻破了／另一隻／還能快快樂樂地／走在／陽光大道上？」「鞋子」，我們生活中每天都要使用的、最普通的物品，詩人用它來比喻夫妻關係，這太妙了。妙在既通俗，又新穎。

《手機驟響》吟道：「雨／不停地／下，連心情／也濕了／／好在手機驟響／啊，手機裡／散發著／遠方燦爛的陽／光／溫暖了斗室／溫暖了淒涼的／夜」。陰雨綿綿，淋濕了道路，房屋，淋濕了大地上的一切。情隨景逸，心情也濕了。突然，親友的電話來了。熱情的話語散發著燦爛的陽光，聽覺轉移為視覺，就像雨過天晴一樣，詩人感覺到溫暖。但他又不直說，而代之以「斗室」和「淒涼的夜」。這樣設計的目的，自然是為了給與讀者咀嚼的趣味。《思念》吟道：「伸手一抓／就抓到了一把歌／聲／／那是你／在遙遙的地方／ 一面洗碗／一面唱歌時／不小心，被風吹過來的」。歌聲不像花生、瓜子，怎麼能一把抓來呢？這是由於詩人專注於思念親人。在她的記憶中，親人總是一面洗碗，一面唱歌，於是，寫詩時利用活潑的表像聯想，使詩歌更加生動感人。

和權有兩首描寫生離死別的詩，很感動人。《酸》吟道：「吃起來／很酸很酸／教人禁不住／掉淚／／車站／碼頭／機場／到處都有人吃／每天都有人／吃／／離別／青澀的芒果啊」。《九歌》的《少司命》寫「悲莫悲兮生別離」，這是直接抒發情感。和權把和親友離別比喻為吃青澀的芒果，這是藝術地再現情感的生理表現。這樣描寫，會使我們讀者對詩中所表現的情感有更深刻的體

會。《月餅》吟道：「月餅／很甜／吃起來／卻一年比一年要／酸／／唉！／中秋團聚／又少了幾人？」「每逢佳節倍思親」。中秋是我國傳統的團圓節，吃月餅的習俗，追求的是團團圓圓。月餅是很甜的，但吃起來，詩人卻感到酸，而且是一年比一年要酸。為什麼？是因為「中秋團聚／又少了幾人」。又有幾位親朋好友離開了人世。詩人的心酸使得他的味覺由甜變酸。這是詩人的感情投射到感覺所產生的結果。

在詩行的排列方面，和權也很講究，《旗》詩將「旗」單列一行，將「洶湧澎湃」分為四行，交錯排列，出色地表現了詩思勃發的狀態。《一灘水》中的「赤」字右方和下方各有三點，顯現一灘水的形態，「赤橙黃綠青藍紫」七字斜向排列，突出了色彩繽紛的效果。

和權寫的是短詩，我的評論也不能太長，就此打住。

　　　　　　　　　　　　二〇一五年六月十四日於關山

目次

我的女兒

——贈女兒潔寧二歲生日

小女兒來自上帝的懷抱
　　　辮絲兩條
　　　洋娃娃一個
喜歡坐在石階上
　　　派發不懂世故的幼稚
　　　揮霍了無牽掛的嬉笑
我在羈旅中的慾望之塵垢
便在嬉笑的漩渦中滌淨

女兒的容貌是
輝煌的陽光染紅的大海
成天映照著一道絢麗的
　　　寵愛之長虹
我願與海終日對坐
看她的瑰麗多變
看她輕輕撩亂了雲端
偶爾自那深深的雙眼中
激蕩出一陣陣童真的波濤
那波濤呵，一高興就踮著腳
上岸
在我這遼闊的心靈之海濱
飛舞，漫步
且印下千年的足跡

《聯合日報》，菲律賓，一九八一年。

中秋

華僑的月
不是一輪滿月

清冷的
月輝探入，探入
半掩的門窗
鄉愁，赫然在床上

顫抖的手
握住郵寄而來的鄉音
那是老母親疊聲的
呼喚

仰對長天，呀
華僑的月
被窗外一條電話線
分割為兩半

《青年戰士報‧副刊》，臺灣，一九八二年。

中國著名詩評家李元洛：

　　「鄉愁，赫然在床上」，實寫鄉愁而暗寫月光，具象的月光轉位為抽象的鄉愁，「顫抖的手／握住郵寄而來的鄉音／那是老母親疊聲的／呼喚」，具象的可視的信轉位為抽象的訴之於聽覺的「鄉音」，再轉位為更抽象的「呼喚」，內蘊是明朗而含蓄的，其意味遠遠勝過正面的淺白的直陳。

──摘自《隱約的鳥聲‧千島之國的橘香》

衣架

著了華裳
風一掠，便
幌盪起來了

就怕街上的人
儘是搖搖擺擺的
衣架
沒有手足
沒有面容

而我呢
攬鏡子，驟驚
竟也是衣架一個

《笠詩刊》，臺灣，一九八三年。

菲華詩人施文志：

　　「衣架」——是詩人試圖對機械文明的現代社會所帶來的種種病態，作出一種理性和感性的反應，並表達詩人靈魂深處存在的矛盾、衝突、不安的直接反應。

——摘自《和權詩文集‧靈魂的解剖》

鞋

一路走來
鞋子
不斷擦碰
有稜有角的
沙
石

鞋，已然穿洞
猶兀自
想
縱橫天下

《辛墾副刊》，菲律賓，一九八三年。

菲華詩評家李怡樂：

　　讀罷，令人爽心一笑。明寫「鞋」，暗喻人。如何解讀作者的

含意，將因人而異。

——摘自《和權詩文集·詩有真情更雋永》

女詩人張香華：

這首詩寫得非常俏皮，而且多多少少有一點反諷的意思。

——摘自《和權詩文集·和權的詩》

馬車上

帶著兒子乘馬車
在崎嶇的唐人街
搖來擺去
輕聲唱歌

得得兜了一圈
馬車，抵達寓所時
高高在上的兒子
嚷著要繼續下去
又兜了一圈
這次，兒子啊
搖搖頭
仍拒絕下車

我不禁大笑：
乖乖

你也妄想
永遠坐在上面？

《耕園》，菲律賓，一九八三年。

中國當代文學學會會員、著名詩評家邵德懷：

　　詩人借助言外之意，將「乖乖」與歷代皇帝，將「馬車」與歷代皇座暗中聯接起來，詩意立即引向深入……僅一、二句就實現詩意的承轉，完成對物象的昇華和對意義的表達。這樣的詩藝，在現代詩人創作中並不多見。

──摘自《和權詩文集‧
為和權詩歌的批評所提供的一種參照》

鍋鏟

打完
太極拳
鬆了一口氣
之後深深的呼吸
突然
吸進一股焦味
匆匆奔向廚房
乍見母親佝僂的身影
彎成一把
黏滿油垢的

鍋鏟
而且端出了
一盤燒焦的
歲月

《耕園》，菲律賓，一九八二年。

中國著名詩評家王常新：

在這裡，詩人運用超現實手法，將兩個異形同質的意象疊印在一起，深刻地表現出母親為了養育自己，而奉獻她寶貴青春的事實。令人讀後感到極大的震撼。

——摘自《和權詩文集‧和權詩中的愛心》

飯鍋

煮了數十年
母親的飯鍋
終於煮大了我的
肢體

青春的火種
熠熠燃盡了
我瞥見
飯鍋上的裂痕
母親面龐上的皺紋

莊嚴地
雙手捧起飯鍋
吻著它
把它
擺放在心頭

如是
我用一生包裹住
那股濃濃的
飯香

《陽光小集》，臺灣，一九八三年。

李怡樂注釋：

　　「母親」是掌管家務的主角，「飯鍋」是廚房裡的主角。詩人通過「母親」與「飯鍋」形象的轉化，表達出詩人對母親的尊敬，對母愛的感恩之情。

　　「我用一生包裹住／那股濃濃的／飯香」——終生不忘。深情畢露！

壁上的太陽

昨日小女兒放學回家
提筆在壁上畫了個大圓圈
說那是鮮艷的太陽
光芒四射

從此呀
爸爸在屋子裡
再也不用害怕黑暗了

今天爸爸觀賞
壁上可愛的大太陽
說那是女兒嬉笑的紅臉
照出了暖暖的光線
從此啊
爸爸靜坐在角落
真的不怕黑暗了

《秋水》，臺灣，一九八三年。

李怡樂注釋：

　　「小女兒」畫個太陽給「爸爸」，不讓「爸爸」置身於「黑暗」。而「爸爸」視「大太陽」為「小女兒」的笑臉，「從此」有「暖暖的光線」，「爸爸」再也不怕生活中的「黑暗」。

　　此詩，字裡行間有緒多的暗示，詩人以童真、童趣的筆調，表達了父女之間濃厚溫馨的親情，非常感人。

鐘

一鎚下去
將時間擊成粉末

狂笑而去
脊影
斜斜指向夜空

《創世紀》，臺灣，一九八三年。

名詩人洛夫，曾在臺北五更鼓茶樓評鑑「鐘」詩。
此詩收入康熹文化《高分策略──國文》，臺灣。

名詩人張默：

　　此詩，頗堪玩味。短短廿三個字，作者把「鐘」的形象、動作，甚至人們對時間的感受，完全表露無遺。

──摘自《和權詩文集・談和權的「拍照」》

尺

忙碌間
大妹嘀咕著
她的青春
越量越短了

我想，她又胡說
這鐵尺
應是越量越準

《笠詩刊》，臺灣，一九八三年。

中國著名詩評家古遠清：

　　青春的長短本是無法用尺丈量的，作者化虛為實，便增添了行文的情趣……「我」不存偏見，旁觀者卻和「她」造成反差，詩思真是獨特。

　　　　　　　　　　　——摘自《和權詩文集‧大巧若拙的風格》

甘蔗

　　　　——獻給母親

甘蔗
沒有纍纍的果實
沒有鮮艷的花朵

被砍後
放進榨汁機
一榨再榨
汩汩流出
甜美無比的汁液

渴汁的人
幾個記得
乾癟了的
甘蔗？

　　　　　　　　　　《耕園》，菲律賓，一九八三年。

中國平涼著名詩人姚學禮：

　　由「喝汁的人」對「乾癟了的甘蔗」產生相對矛盾去更加深刻地揭示人與物之間的關係⋯⋯這種詠物詩較過去單純的詠物已顯內蘊豐富了，給人的啟迪已顯深刻多義了。

──摘自《和權詩文集・風花雪月權的和諧獲得》

橘子的話

咱們恆是一粒粒
酸酸的橘子
分不清
生長的土地
是故鄉
還是異鄉

想到祖先
移植海外以前
原是甜蜜的
而今已然一代酸過一代

只不知
子孫們
將更酸澀
成啥味道

《聯合報・副刊》、《葡萄園詩刊》，臺灣，一九八四年。

此詩，收入張默、蕭蕭／主編《新詩三百首》，臺灣。

中國著名詩評家李元洛：

「橘子」在詩中是海外華僑的象徵。現在的「酸酸的」，過去的「甜蜜的」，將來的「更酸澀」，在三節詩中，三個時空不同內涵有異的橘子的意象疊合在一起，焦點集中，構思頗具匠心，筆力也相當概括。此詩，暗含中國傳統文化中橘逾淮為枳這一典故……原有的典故只是一個比喻，現在的重鑄翻新卻是一代海外華人的整體象徵。

——摘自《和權詩文集‧千島之國的橘香》

某夜

書案上
柔和的
燈光
悄悄釀造一面
平靜的湖
心事
沉下去，化為
一尾游魚
這湖濱
倏地撒出
一張網
俄頃
浪花飛濺中
撈起了

祖國寒冷的
殘月

《葡萄園詩刊》，臺灣，一九八四年。

中國著名詩評家李元洛：

　　「某夜」實在是一首當代的海外遊子的「靜夜思」，李白寫的
是「月光」，和權寫的是「燈光」，李白由如霜的月色而思故鄉，
和權由如水的燈光而思故國的月亮，時空變異，內涵自然也有地域
與時代的不同，和李白清淺的白描與單純的比喻比較起來，和權的
詩具有多重聯想與意象變形，手法當然也屬於現代。

　　　　　　　　　——摘自《隱約的鳥聲‧千島之國的橘香》

給女兒

贈妳，一座鋼琴
要妳明白
每一光潔的琴鍵
無不是美好的日子
要妳勤習樂理
分清黑白
要妳諳練，靜修
起落有序地
在長長的鍵盤上
輕、重、徐、疾

鍵鍵鏗鏘
彈出和諧的樂音

《中華日報‧副刊》，臺灣，一九八四年。

李怡樂注釋：

　　與其說是贈女兒一座鋼琴，不如說是，送給成長中的女兒一套人生哲理。詩中對女兒的深切期待表露無遺。

紹興酒

鬱鬱的月下

只要有一罈
紹興酒
即可把羈旅中
的落寞
酩酊成
眼淚
即可遙遙聽見
子彈在遼闊山河
劃空而過的
呼嘯

《創世紀》，臺灣，一九八四年。

此詩，收入柳易冰選編《鄉愁——臺灣與海外華人抒情詩選》。

名詩人非馬：

詩人在「紹興酒」一詩裡望神州而興嘆。如果說寫詩是為了抵禦某種抽象的鄉愁，身處海外的詩人，在抽象的鄉愁之上又得面對實質的鄉愁，抵禦起來，便顯得加倍地喫力而艱苦了！

又，名詩人張默曾以字畫，錄此詩詩句「只要有紹興酒，就可把落寞酩酊成眼淚」贈予和權。

熱水瓶

站在這裡，遲遲
不讓胸中的炙熱
變冷
你們確實看不見我的滾燙，除非
拔開瓶塞
讓我的熱情騰騰上昇
倒出
透明的愛
坦然無隱地
注你們以滿杯的溫暖

《藍星詩刊‧第五號》，臺灣，一九八五年。

此詩，收入《中學國文輔助教材（基測綜合題本）》，南一書局，臺灣。

著名詩評家蕭蕭：

　　熱水瓶外冷內熱的特質，也是菲華詩人和權的氣質，冷靜溫文的外表蘊藏著炙熱滾燙的心，透過悲憫的眼睛，人情、世情、物情，無不了然於胸，抒之於情，妥貼而適切。

　　　　　　——摘自《和權詩集‧橘子的話：一棵橘子的血淚淤痕》

噴射機——紀念王若

轟轟地
飛起雄心
在異鄉的天空
你不斷的騰升
飛得又高又遠

遠逝了　仍然
有迴盪的音響　有你
一瞬間
留　黝藍的天空
一道雪白的軌跡

飛絕之後
方圓數千里
所有的耳　仍然在聽
所有的眼　仍然在看

　　　　　　　　《耕園》，菲律賓，一九八五年。

　　此詩，是和權寫給對菲華文藝推行最力的已故王國棟先生。此詩著筆深遠。十足道出了王氏在菲華文藝界的德高望重。

——摘自《和權詩集‧橘子的話：簡潔凝鍊的詩》

登王城

迎目是
統治者傾圮的高牆
古老的城堡啊
古老的炮台

西班牙人
留下的羞恥
這一磚一石
在微曦中
黎剎，以鮮血
滌洗三百年的污穢
而城堡裡
獄室森冷的鐵枝
囚禁不了
一行行的詩句

倫禮沓
青翠的草地上

詩人在槍聲中
昂首
成為一座閃亮的銅像
宣告世界——
夜色一樣的極權
任城堡再堅固
也保不住

站在城上
只想問：
那一排子彈的呼嘯
激起巴石河
多少起伏的浪波？

《耕園》，菲律賓，一九八六年。

註：西班牙曾經統治菲律賓三百年，在巴石河畔建立王城，現為
馬尼拉遊覽勝地。菲國民族英雄扶西‧黎剎在軍事法庭被告
以：一、創立非法之組織。二、煽動反叛。一八九六年十二月
二十九日，詩人黎剎在王城的獄室寫下聞名的愛國詩「最後的
訣別」，並暗藏於酒精爐，交給探獄的妹妹。翌日，即在兵士
的押送下赴倫禮沓就刑。

臺灣著名詩人，詩評家趙天儀：

這首詩，並非他的短詩，但是，還是保持了短詩那種精鍊的語
言以及閃爍突出的意象。

——摘自《和權詩文集‧意象繽紛的音響》

聖誕樹

在公園裡我仰視
百尺的聖誕樹
感覺樹上閃閃的燈飾
都是
悲憫的眼睛
悄悄的
觀照
人間

《耕園》，菲律賓，一九八六年。

著名詩評家蕭蕭：

就和權個人的情感而言，他一直是充滿著「悲憫的眼睛」來看
待人間的，在「聖誕樹」詩中，他仰視那閃閃的燈飾，感覺那都是
「悲憫的眼睛」悄悄看著「人間的黑暗」。唯有這樣的悲憫之心，
才足以看透人間苦痛的深沈意義，才真能了解，異鄉遊子最難排解
的愁懷。

——摘自和權詩集《橘子的話・一棵橘子的血淚淤痕》

微笑

喜歡微笑的小女兒
長大時，面容定是
如花的舒展

若是偶然噙淚
定是追念往日
依傍父親
以為依傍著
不會傾圮的柱石

《藍星詩刊‧第九號》，臺灣，一九八五年。

李怡樂注釋：

這是一篇充滿父愛的詩作。

「喜歡微笑的小女兒」一句，即表明「小女兒」的生活環境，舒適祥和，得到無微不至的關懷與照顧。

看看笑口常開的「小女兒」，父親禁不住思考「小女兒」長大後，走出家門，投身複雜的現實社會，必定會想念「依傍父親」的時光，在「小女兒」的心目中，「父親」是「不會傾圮的柱石」。

此詩結尾，這「不會傾圮的柱石」，正是起首句「小女兒」「喜歡微笑」最堅強最可靠的保障。詩雖短，結構卻嚴謹而完整。

樹根與鮮鮑

在遙遠的非洲
他們以皮包骨的手
在沙土裡翻找
樹根

在馬尼拉
我們以銀叉銀匙

在碟子裡挑揀
鮮鮑

《聯合報‧副刊》，臺灣，一九八五年。

大陸著名詩評家李元洛：

　　詩的抒情主人公的自我形象，如立紙上，使人肅然而生敬意。

　　　　　　　　　　　　——摘自《和權詩文集‧轉化與提昇》

蝦

在水族箱裡落戶
似乎美好無憾

億萬年之前
你，原是龍的族類

於今，在你身上
已看不出半點的榮耀
沒有龍昂首的雄姿
沒有龍穿雲的豐采

自那湛藍的波瀾出來
終於，變成蝦
變得渺小自卑

在海外困居
離開陽光與月光
你永遠是憂鬱的
彎曲的
水族箱裡滿是你的夥伴
天天希冀穿越四面的
玻璃
復回廣闊的海洋
緬懷浪花
緬懷岩石
緬懷水底的沙土
你，面對玻璃外的
餐盤，淒然落淚
就這麼載浮載沉
繼續繁衍下去

《香港文學·第十一期》，一九八五年。

中國著名詩評家李元洛：

　　「蝦」從現實生活中就近取喻⋯⋯抒寫了海外華人遠離故土的
寂寞與失落感。「蝦」這一作品的外在形態及表層意蘊是簡潔而明
朗的，但是，它的深層意蘊卻具有多義性或者說歧義性⋯⋯它的多
義內蘊遠遠超出了「蝦」這一具體的物象，由此出發而作輻射狀展
開，從而刺激讀者多重與多向的聯想。

　　　　　　　　　　——摘自《隱約的鳥聲·千鳥之國橘香》

拍照

笑著對妻說：
不必拍了
妳的底片
容不下整個的我

看到照片
我愕然：
怎麼一家
都容下了

《藍星詩刊‧第四號》，臺灣，一九八五年。

此詩，收入張默編著《小詩選讀》。

名詩人張默：

　　前者從他和妻子的對話說起，充滿調侃的語氣……其中「容」字用得很好，可圈可點。第二節馬上來一個轉折……使人從突兀中產生一種說不出的戲劇性的驚喜！

——摘自《和權詩文集‧談和權的「拍照」》

游泳

四肢撥水
游行間，隱聞

池畔
有人鼓掌
有人喝采

浮沉了半生
隨波逐流
有時，仍不免懷疑
我的自由式
是否正確？

《藍星詩刊‧第九號》，臺灣，一九八五年。

中國著名詩評家古遠清：

　　與一般游泳運動員相反，和權對游泳感受是由表及裡，由此及彼，帶有哲理性和思想性。對詩來說，這種哲理思考照亮了他的藝術構思，使原來描寫的事件得到了昇華。

——摘自《和權詩文集‧大巧若拙的風格》

彩筆與詩集

我是小女兒
書包裡的
一盒彩筆
她可以隨意
繪出

心中想要的
景緻

小女兒是我
書櫃上的
一本詩集
讀了千百遍
發現
愈讀愈有
味

《中華日報‧副刊》，臺灣，一九八五年。

中國著名詩評家陳賢茂：

　　寫的雖是平凡的父女親情，但卻寫得饒有情趣……比喻的新穎別緻令人為之耳目一新。

　　　　　　　　　　　　——摘自《和權詩文集‧談和權》

我忍不住大笑

落日
對著
一大群人圍觀的講台

講台上捏拳的演說者
說得連公園裡的椰樹
　　　都不停點頭

假如海灣的落日
是我睜開的一隻眼睛
嘩然的海浪
便是我忍不住的大笑

　　　　　　　　《藍星詩刊‧第七號》，臺灣，一九八六年。

菲華著名詩評家李怡樂：

　　此詩，把高度的藝術技巧和正確的思想內容融合一體，堪稱傑作。

　　又，詩人白靈在其著作「一首詩的誕生」中，採用本詩的詩句，「假如海灣的落日／是我睜開的眼睛／嘩然的海浪／便是我忍不住的大笑」，作為範例。

針

忘了縫衣婦
那麼乾枯的面貌
那麼嶙峋的十指

你是她手中
一枚小小的針

因
完成了
千百件精美的衣裳
閃耀著
驕矜之光。深覺得
自己
是全世界
注目的焦點

《工商日報・春秋小集》，臺灣，一九八六年。

臺灣著名詩人、詩評家趙天儀：

　　這首短詩，意象的表現非常集中，一根小小的縫衣婦手上的針，居然能使「自己」成為「是全世界／注目的焦點」。針雖小，它所象徵的意義，竟有如此巨大的焦點，誠令人驚訝，也令人興奮。

——摘自《和權詩文集・意象繽紛的音響》

伊甸園

激昂慷慨
他們把數十萬的
孩子　送上
大沙漠戰場

全世界與我
何以
竟相信一具具屍袋
能疊成

伊甸園

《中華日報・副刊》，臺灣，一九八六年。

菲華著名詩人林泉：

　　此詩，為戰爭而發出哀號。和權寫殘酷的戰爭，還有「失眠夜」、「大笑」等詩篇，都在為眾生請命，憂國憂民之心，躍然紙上。

──摘自《和權詩文集・春之播種者》

詩人

詩人們
環坐在樹下
一壁喝酒，一壁
爭辯國事
繼之以

給詩下定義
我一回首

看到了
溪流的喋喋
袒裸胸中的沙石

《文星論壇‧第一〇九期》，臺灣，一九八七年。

菲華著名詩人林泉：

　　此詩，想像空間很大很含蓄，且具有玄秘感。此詩，在表明某
種意識，對問題不做直接回答，故言他物，而做象徵的表現。

——摘自《和權詩文集‧春之播種者》

崖谷

知道古松
滿心悲憫
拼命地伸長枯臂
想撕下半個太陽
好在昏夜裡，貼於
高空

溪水激動不已
眼看，啊，世間
越來越黑暗了
卻只能躺在那兒

不住
嗚咽

《華僑日報‧副刊》，美國，一九八七年。

臺灣著名詩人羅門：

此詩，以「對比」的仰視與俯視鏡，照射出無論人存在於高處的「冷」與低處的「暗」的冷暗中，都一樣隔在無奈的困境裡。

——摘自《和權詩文集‧談和權》

老丐

清晨
遠天冷冷地
翻著白眼

蹲在墻腳下
無人理睬的狗尾草
葉上瑩瑩的露珠
凝聚著
昨夜的冷冽

《創世紀‧第七十期》，臺灣，一九八七年。

臺灣著名詩人羅門：

　　作者輕巧地運用相當細緻的「移轉」與「反射」鏡，將清晨的
景象，擬人化、同步、且準確的「移轉」與「反射」到老丐的生命
存在狀態、命運與情境中來，並充份發揮詩的象徵暗示功能……是
一首溢滿了人性與人道精神的感人至深的作品。

——摘自《和權詩文集・談和權》

槍

砰！雁落下來
砰！鹿倒下來
砰！人躺下來

山坡，野地
街道，巷子
喀嚓喀嚓
舉槍的人
什麼都看得見
就是不會發現
瞄準鏡裡
那具赫然的
十字架

《藍星詩刊・第十三號》臺灣、
《當代詩壇・第四期》香港，一九八七年。

中國著名詩評家劉華：

　　這是對一種戰爭武器——槍——戰爭的一個代表的強烈控訴，更是對「舉槍的人」的嚴正指斥：每一處他目所能及或不能及的地方，都是他發射子彈的目標。「那具赫然的／十字架」呢？為什麼不能引起戰爭發動者些微的注意？那麼，良知泯滅，魔鬼般發狂的舉槍人還要無休止地射擊下去，殺戮下去……

——摘自《和權詩文集‧憂患意識　超越精神》

空罐頭

從高樓的窗口
被丟下土堆，一個
生銹而
腹中空空的
空罐頭
驚喜欲狂
自以為是
昂立於
泰山之
頂

《華僑日報‧副刊》，美國，一九八八年。

觀棋

兩軍對峙

分裂的疆土
滿佈陷阱
隱伏殺機
紛爭肇因於不同的
色彩

圍觀者
熱血沸騰
或支持紅方
或擁護黑方
冷眼
瞅著
精神緊張的
觀棋者
不禁自問：
我們需要

楚河漢界？
我們需要
鬥爭？

《文學報‧第二期》香港，一九八八年。

中國著名詩評家陳賢茂：

　　我們在詩人的詰問中，看到了詩人的憤懣和憂慮，而「詩意中的哲理」，也就在詩人的詰問和讀者的思索中得到了實現……我們讀和權的詩總是有這麼一種感覺，其表層總是明白曉暢的，而深層總又包含著豐富的意蘊，而這一點，又是跟他的意象的多義性分不開的。

——摘自《和權詩文集‧談和權》

海邊漫步

在海邊堆疊沙堡的人
我不看
在水中隨波沉浮的人
我不看
橫行的毛蟹不看
搖尾的野狗不看
只看遠方，那一片
讓風雨蹂躪後

卻報以鮮紅玫瑰的
草地

《聯合報・副刊》，臺灣，一九八八年。

臺灣著名詩人羅門：

　　和權使用多面「直射」的「終端」搜索鏡，終於在鏡頭穿越諸多變化的不足道的人生醜態之後，清楚看到……是故，這首詩已提供一座多面透視人存在的巨型望遠鏡，可收視並觀照存在於社會各種不同層面與形態中的人，並做批判性的分類指認，同時也使我們評說和權的詩一直在反映深入的人生，絕非空言。

——摘自《和權詩文集・談和權》

大川

雜亂的碎石
怎能阻攔激湍的水勢？
區區的低窪
怎能拘束奔放萬里的長流？
敢於沖瀉，勇於
捲浪
就不怕泥漿堵截
就不怕一個個坑陷
我大笑，轟轟隆隆
搖撼著天地
我起伏的心

翻騰成瀑布，筆直
傲立於高崗
我澈澈透明的愛
從塞外，浩浩
蕩蕩
綿亙到中原
我迅疾疾如電
我叱吒吒如雷
過了峽谷，一波波
直瀉而下
衝向旱災的世界
衝向人們胸中
龜裂的土地

《中華日報‧副刊》，臺灣，一九八八年。

臺灣著名詩人羅門：

　　此詩，以步步推進的「直射鏡」，採取擬人化手法，表現出向
前奔湧的不可阻擋的生命之川流。

——摘自《和權詩文集‧談和權》

胸中山水

從筆桿中
搖出胸中崢嶸的山
　　　　翻滾的水

有氣魄
就有高崗飛瀉的瀑布
有豪情
就有干雲的古松
有憂慮
就有峭壁滿佈的青苔
有悲憫
就有微暗的天色
有愛啊有愛
就有峰頂上
珠圓的月亮

只是
那一帖胸中的山水
任筆力如何蒼勁
也僅能使寥寥幾人
多看
一眼

《文訊雜誌・第三十九期》，臺灣，一九八八年。

李怡樂注釋：

　　如果你懂得成語「成竹在胸」，就很容易理解「胸中」有「山水」，才能「從筆桿中／搖出……山／水」。

　　人的一生中，知己者僅一二而已。因此，能夠領悟你胸中山水的人，也只能是那「寥寥幾人」。

迷惑

一黃一白
兩個洋娃娃
站在玻璃櫃裡
臉上沒有表情

留學回國後
我發覺　洋娃娃
臉上竟似
起了變化：
白膚的
意氣昂揚
黃膚的
神情畏葸

《創世紀》，臺灣，一九八八年。

臺灣著名詩人羅門：

　　此詩，以「對比」的「交射」鏡，使讀者陷在相對的夾縫裡看世界。在相交射的抗力中，看清判斷力該往那裡下⋯⋯

　　　　　　　　　　　──摘自《和權詩文集・談和權》

找不到花

在車馬喧嘩的街道
在大廈與大廈之間
堅持的翩翩翻飛，一隻鳳蝶
依然舞姿輕逸
色彩
分明

很愛屏神傾聽
樹林的悄悄話，很愛
聞那濕草場的氣息
很愛那寧謐的河岸
開得一片遮地的繁花

但原野已經消失
樓房迅速的成長延伸
在此翻飛，找不到花
左右是牆壁
上面是熾熱的驕陽
下面是焦灼的馬路
那些泛香的花呢？
那些紅玫瑰黃玫瑰
藍玫瑰呢？

《文學世界‧第五期》，香港、
《環境保護報‧第四三四期》湖南，一九八九年。

中國著名詩評家江天：

　　和權的詩多短小精悍，雖取材於司空見慣的事物，但卻能以獨特的體驗，靈巧的意象，使人感受到他觀照世界的藝術視角的超凡。他的詩從不無病呻吟，從這首「找不到花」的詩中，我們可以看到他對生活在這個世界上的小生命的關懷和對大都會生活環境的關注。

——摘自《和權詩文集・鳳蝶的憂患》

隔水天涯

　　　——致李元洛

落滿一地，橘子
在你隔水的天涯
散發著縹緲的
清香。清香你是聞到了
可未曾品嘗。是否知曉
大陸之外橘子的滋味
是什麼？

凡有山水的地方就有
橘
就有寄居的辛酸
就有變革的辛酸
就有多颱風的日子

底辛酸
就有夜驚冷魘的辛酸
就有萎縮枯槁的辛酸
就有難以好好渡過中秋
底辛酸
就有楞楞地
北望的辛酸
就有滿腹啊滿腹
你品嚐不到的酸澀汁液

問你
踰越了
諸峰與大洋
橘
如何恢復
原來的甘甜？

問你
江山仍是以前那麼多嬌嗎？
同胞仍從斜陽裡
荷鋤挑擔回來嗎？
情侶仍是在公園
閑閑步月嗎？
老人仍是在鳥聲喧噪
早晨的霧靄裡
演練太極拳嗎？
湖畔也仍聽得見　乃櫓聲嗎？
黃河之水長江之水也仍
母親一般

輕輕悄悄、悄悄輕輕
哼著歌嗎？

《幼獅文藝・第四二四期》，臺灣，一九八九年。

臺灣著名詩人羅門：

此詩，以花瓣展開式鏡頭，呈現出景物與情思發展中幽美的層次感與連鎖性。

——摘自《和權詩文集・談和權》

冰

是因為冷和硬
才透明的麼？

我暗地融化
為水
讓你看清楚
流動的我
仍是一樣的
透明

《五月詩刊・第十二期》，新加坡，一九八九年。

臺灣著名詩人羅門：

　　和權使用雙面鏡，將「冰」與「水」異形同質的存在實性——「透明」，溶合在一起映照在一起，過程是絕妙的。冷硬的冰的透明，暗地融化為流動的水的透明，這中間，剛與柔一體，靜與動一體，從這一自然界奇異的變化復又同化的景象，我們便省覺到屬於存在的一個相當微妙的循環互動系統，甚至影射那同時存在於人類思想中的「冷靜的知性」與「湧流的感性」的統合世界，以及暗示出「能縮能伸」的人生境界，可見這首短詩，除表現詩意象中的微妙畫面，尚透露一個具涵蓋性的生命存在與活動的純粹模式，是有創意的。

——摘自《和權詩文集・談和權》

菲華著名詩人林泉：

　　此詩，跟給人震盪力量相反的，能於意識中，獲得猝然喜悅。

——摘自《和權詩文集・春之播種者》

莊嚴的燭光

軍人的槍炮又在
互相轟擊了
老百姓依然什麼都不說
只在今夜，啊，今夜
高高低低的窗口
都點燃一根根燭火

百年來，千年來
人人心中藏著的
一個願望
都在莊嚴的燭光裡

《葡萄園詩刊》，臺灣，一九九○年。

後記：一九八九年十二月一日，菲律賓發生第六次軍變，造成五百
多人死傷。人民於聖誕前夕在其各自住宅，點燃一支蠟燭，
作為祈求和平的象徵。因寫此詩。

落日藥丸

憂思天下，或許
不是癌症一般的
難以治療
只要
伸手取來落日藥丸
就著洶湧的海
暢快地
送下喉嚨

《聯合報·副刊》，臺灣，一九九○年。

此詩，選入張詩劍主編《奇詩怪傳》，香港。

名詩人瘂弦：

我每次看夕照，都想起你的傑作「落日藥丸」，那真是一首令

人難忘的好詩⋯⋯

李怡樂注釋：

此詩有峰迴路轉之趣，起首，「憂思天下」這種病，似乎有救，只要下重藥，把落日當藥丸吞下——何等宏偉的氣魄！細想之下，詩人與現實社會有著千絲萬縷的聯繫，是個有血有肉的人，並非不食人間煙火的神仙。他得「憂思天下」之病是必然的，也必定無藥可救。

——摘自《和權詩文集・詩有真情更雋永》

詩——給垂明

輕聲問你
什麼是詩

你含笑不答
只睇著
屋蓋上
一對依偎的
鴿子

《文學報》，香港，一九九〇年。

臺灣著名詩人羅門：

　　此詩，使用的是向內直抒的「直射鏡」，並隨帶象徵性的「反射鏡」……是至為迷你、輕巧、精緻與極具「極限」表現的一首詩。「詩是什麼」，「直射」到「鴿子」，再由「鴿子」身上所具有的純潔、和平、自由，以及相「依偎」的愛與海闊天空的飛越等多面性的境界，「反射」到詩本身存在與活動的立體世界，終於達成「詩是什麼」的充份回答，也透露出詩應該怎麼樣來表現，方能保持住詩意。

——摘自《和權詩文集‧談和權》

鈔票

印在鈔票上
小小的數字
你我都看得清楚

儘管
鈔票上的人面
比數字還大
那智慧的雙目
炯炯有神
那端正的慈容
憂思天下
在吾人
眼都沒眨的

計算鈔票時
仍然是
看不見的

《耕園》，菲律賓，一九九〇年。

著名女詩人張香華：

　　和權所關心的不是這張鈔票面額的大小，也不是說鈔票能夠滿足他什麼樣子的物質欲望⋯⋯他悄悄的告訴我們，除了物質的意義之外，還有一些東西，可能是我們平常不會注意到的。

　　又，臺灣文藝之窗「詩的小語」（張香華主持）於一九九三年七月四日警察廣播電台介紹和權生平，並朗誦此詩。

——摘自《和權詩文集・和權的詩》

大笑

波斯灣滔天的白浪
轟轟隆隆
笑不停

笑
不准離境的
貴賓
笑
有多少正義哪

就有多少槍炮
笑
整個世界
是光明了
在熊熊的戰火中

《中國時報》，臺灣，一九九○年。

菲華著名詩人林泉：

「大笑」一詩，具有震蕩力量。尤其是下面幾行：整個世界／
是光明了／在熊熊的戰火中。

——摘自《和權詩文集・春之播種者》

小扶西

小扶西說：
「我要像哥哥一樣
　當班長。」

小扶西的哥哥說：
「我要像爸爸一樣
　當醫生」。

小扶西的爸爸說：
「我要跟你們的祖父一樣
　做個兒孫繞膝的老太爺。」

小扶西的祖父
卻笑眯眯地說：
「我很喜歡小扶西
　他是個可愛的孩子！」

《小溪流‧第五期》，湖南，一九九〇年。

李怡樂注釋：

　　詩中以「小扶西」、「哥哥」、「爸爸」和「祖父」的話，作一番循環的表述。讓讀者明白，「孩子是父母的鏡子，父母是孩子的榜樣」。星雲大師曾很詩意的說：「父母是原稿……孩子是影印件……」。

我變成了一隻小貓

哥哥不是乖孩子
時常踢小貓。
如果
我變成了一隻小貓
哥哥呀
你會不會踢我呢？
　　如果
我變成了一隻小貓
哥哥呀
你放學回家
會使我嚇得發抖嗎？

可是
我真的
變成了一隻小貓
哥哥呀
此刻你是找也找不到我了！

《小溪流·第九期》，湖南，一九九〇年。

此詩，收入「世界華文兒童文學」（World Children Literature in Chinese）。

李怡樂注釋：

小男孩大多喜歡玩弄小動物，偶而也會以「老大」自居欺負小兄弟。詩人以「我」的心理活動，描述對「哥哥」的畏懼，童言童語，描寫得細膩而生動。

螢火蟲

蟋蟀的孩子
偷偷出來玩
在黑森林裡迷失了。
唧唧，唧唧……
每當月亮掛在枝頭
就悲傷地哭泣。

螢火蟲心慈
——聽了不忍

一到晚上
就提著亮亮的燈
跑到山林
來找蟋蟀的孩子。

《小溪流‧第九期》，湖南，一九九〇年。

此詩，收入「世界華文兒童文學」（World Children Literature in
Chinese）。

臺灣著名詩人羅門：

在「小風箏」、「不公平的媽媽」、「螢火蟲」「小草」、
「杉樹」……等小詩中，也不放過他善用的意象變化鏡，同時溢流
著可掬的童趣，形成相當精彩的童詩創作效果。

——摘自《和權詩文集‧談和權》

小風箏

彩霞是天空中的
ICE CREAM

小風箏
禁不起誘惑
想飛上天
舔個痛快
可是

小風箏沒有即刻起飛
也不出力飛
當它
晃晃蕩蕩地
飛到天上時
還來不及舔舐
ICE CREAM
已溶了

《萬象詩刊》，菲律賓，一九九一年。

菲華著名詩人林泉：

　　和權的童詩，充滿著童趣。在「小風箏」中，將彩霞比擬為
ICE CREAM，很是清新有味。後段「當小風箏／飛到天上時／還
來不及舔舐／ICE CREAM／已溶了」，跟前面幾行，形成可喜的轉
折，餘韻無窮。

——摘自《和權詩文集・春之播種者》

小草

忙著
向上鑽
小草呀
很想
鑽到地面上

去曬太陽
很想
鋪成綠色的地氈
讓小孩
翻筋斗

《耕園》，菲律賓，一九九○年。

李怡樂注釋：

「小草」雖然弱小，卻有其強大的一面：強烈「向上鑽」的拼搏精神和「鋪成綠色的地氈／讓小孩／翻筋斗」的遠大理想。

詩人以生活中常見的普通事物進行描述，給予讀者親切感，很容易接受，很容易領悟。

不公平的媽媽

每當爸爸拿起剪刀
在小弟頭上剪來剪去
媽媽一句話都不說

每當我像爸爸一樣的
拿起剪刀在小弟頭上剪來剪去
媽媽就頓著腳，大喊大叫

我奇怪為什麼媽媽那樣不公平？

《小溪流·第九期》，湖南，一九九○年。

此詩，收入「世界華文兒童文學」（World Children Literature in Chinese）。

李怡樂注釋：

此詩充滿童趣。同樣給「小弟」剪頭髮，媽媽的反應差別太大，的確「不公平」。你若是「媽媽」，如何反應？

杉樹

一棵健美的杉樹
很煩惱：
　　什麼時候
　　我才能下山呢？
　　什麼時候
　　我才能變成棟樑呢？

樹上的啄木鳥聽了
眨了眨眼睛：
　　當斧頭
　　出現的時候呀！

《星星・十一月號》，中國，一九九〇年。

李怡樂注釋：

「杉樹」的煩惱是多餘的。是否棟樑之材，得由「斧頭」認可。道理很簡單，寓意卻深刻。引人深思。

瀑布

太陽說：

「瀑布喲

　真是自甘墮落。」

白雲

也異口同聲地說：

「瀑布喲

　不求上進

　看它，一直向下奔騰。」

瀑布不做聲

繼續向下奔騰

奔騰呀奔騰

奔向乾涸的河床

　河床就出現了成群的游魚

奔向乾旱的田地

　田地就長出了金黃的稻穗

奔向大海

　大海啊

就沒有擱淺的船兒

《新陸現代詩‧第七期》，臺灣，一九九〇年。

此詩，收入「世界華文兒童文學」（World Children Literature in Chinese）。

李怡樂注釋：

立場不同，其觀點就不一樣。

「瀑布」選擇「向下」，自有其「向下」的道理，它「奔向」

最需要水的地方，所到之處，生機盎然。

　　只要問心無愧，「瀑布不做聲」，不必爭辯，讓事實說話，就是最有力的回應。

　　詩人只描述實況，讓讀者自行判斷。此即是引人尋味之處。

路

放眼天下
縱縱橫橫那許多路
非路

將領們清楚

倒臥在沙場上
百萬人
恐懼和絕望的
哀號　才是
惟一的路
通向
光榮

將領們明白

　　　　　　　《笠詩刊・第一六三期》，臺灣，一九九一年。

火山爆發了

灰末降落物
遮住了天空
馬尼拉　在日間
陷入黑暗

陷入黑暗
我們看不見
眼前的景物
猶如他們
看不見
掙扎在饑餓線上的
人　也看不見
刻骨的痛苦

陷入黑暗
他們在大廈裡安眠
醒來
是否也會

發現
清潔的街道
明亮的汽車
豪華的住宅
晶瑩的窗子
竟都蓋上了一層
灰白色啊灰白色的

天怒
民怨

《自立早報》，臺灣、
《赤道風‧第十八期》，新加坡，一九九一年。

菲華著名詩人林泉：

這是仁者的感受。人間的饑餓，刻骨的痛苦，無時不環繞在和權的胸臆。

——摘自《和權詩文集‧春之播種者》

中國著名詩評家雲鵬：

此詩初看時彷彿是在岷尼拉火山爆發之際偶感而作的抒情詩，細細品味再三，愈覺蘊含豐富，其間包容了詩人強烈的憂國憂民意識，是一篇借喻詠物針砭時弊的上乘之作……他的創作思維很現代，亦注重了語言的通俗和意象的纖綴，幹練的語句以及精短的篇幅，構成了別具一格的「和權體」。

——摘自《和權詩文集‧岷尼拉的活火山》

源

別說
在我的詩行裡
只有冷冷的水聲

你若想知道
請溯流而上
我是那透明的白練千丈
那永不乾涸的
源頭

《萬象詩刊》，菲律賓，一九九二年。

此詩，曾由菲華女詩人、畫家幽蘭（洪仁玉女士）以其意境作畫。
由菲華著名國畫家、書法家蔡秀雲女士揮毫題寫於畫卷上。

除夕‧煙花——給妻

從教堂出來
黑暗的天宇花園綻開著
一朵朵美麗
此刻你低下頭
那纖手伸出許多疼惜
　　　許多柔情
　　　許多慈愛

輕輕撫摸著乞討的
　　　　　小女孩
在涼夜裡
你也好看成一朵舒放光彩
亮麗的
煙花

如果說
今晚　芸芸眾生都好看成
千萬朵煙花
萬千朵煙花
上帝　祂也會
看呆嗎

　　　　　　　　　　　　　　　一九九二年。

《時報週刊‧九五九期》，臺灣，一九九六年。大篇幅刊出〈除夕‧
煙花——給妻〉，並附謝岳勳之彩色攝影，模特兒蔡美優之演出。

菲華著名詩人林泉：

　　和權長期以憂患的種子播種，企圖為人間開發出一片繁茂春
天，詩中時時呈現著為天下蒼生之憂而憂。「除夕‧煙花」一詩，
和權時刻不忘為眾生著想，甚至在看煙花的時候。

　　　　　　　　　　　　　　——摘自《和權詩文集‧春之播種者》

骰子

情詩是骰子
在妳心中
滾來滾去
有時候
贏
有時候
輸

即使輸了
也讓妳知道
骰子
輕重的度數
知道，在妳心中
翻動的
愉悅

《萬象詩刊》，菲律賓，一九九二年。

菲華著名詩評家李怡樂：

　　妙！即符合骰子的動態，又描繪出接收情詩時，「妳」的心態。簡煉、恰到好處。讀和權的詩，很輕鬆。其文字平白易懂，寓雋永於「平白」之中，正是和權作品的一大特色。

——摘自《和權詩文集·詩有真情更雋永》

印泥

親親
既然是美麗的名字
已鐫刻在
我堅硬的
心石上
總不能有印
無泥吧

若是你喜歡
我就用我溫暖的血
做你的印泥
讓你
在生命的白紙上
蓋出
亮麗的
自己

《中央日報》，臺灣，一九九三年。

中國著名詩評家雲鵬：

　　這是一首親和無間的詩，詩品、人品均由抒情主人公的一顆詩心來體現。全詩分兩節，前節詩人以談心的形式，一開始就以「親親」當成名字賦予親情的主題，使這種親密無間的情感光彩照人。這首詩用象單純，抒情真摯動人，詩藝嫻熟，是一首難得的好詩。

　　　　　　　　　　——摘自《和權詩文集·兩相無猜的詩心親情》

　　「印泥」，是堪稱典範的一首好詩。詩中，「我」為了「你」的名字能亮麗「在生命的白紙上」，願意把自己的「心」「血」化作印章和印泥，真情畢露，即使讀者你不是詩中的「你」，也會感覺到於字裡行間，散發出濃濃親情的溫度。

　　　　　　　　——摘自《和權詩文集‧詩有真情更雋永》

刻印

親親
你是小刀
以情愛
鈎我劃我剜我

傷痛之後
涼涼的
心石上
赫然一個名字
那麼深刻
美麗

　　　　　　　《中央日報‧副刊》，臺灣，一九九三年。

李怡樂注釋：

　　喻我為石材，喻你為「小刀」。以刻印之舉動，描述熱戀雙

方，時有小吵小鬧，造成小傷害。但終究，卻是愛得刻骨銘心。
這是一篇構思奇特的佳作。

潮濕的鐘聲

星星是
夜的簾幕上
無數個小洞
諸多天國的人哪
就躲在那低垂的黑幕後
窺視著
塵凡的
悲劇

我彷彿聽見輕微的哀嘆
似一縷潮濕的鐘聲……

《萬象詩刊》，菲律賓，一九九三年。

此詩，榮獲臺灣「新陸小詩獎」。（作家柏楊先生代為領獎）

李怡樂注釋：

和權的想像力非凡。

「星星是……小洞」，「天國的人」從這些「小洞」，「窺視
著／塵凡的／悲劇」。正是俗言道：人在做，天在看。人生是個苦
難的過程。且不說火災、水災、旱災、震災……人類之間；弱肉強
食而引發的戰爭，從未間斷。世間出現的「悲劇」已成常態。

「哀歎」，顯然帶著淚水。因此，詩人的筆下便產生了「似一縷潮濕的鐘聲」佳句。

這「鐘聲」，是對世人的警鐘，是飽含著深切悲憫之淚（潮濕）的鐘聲。

葉子

風乍起

輕易把金黃的葉子
吹走了

唉唉，葉子
很
薄

如
情

《當代詩壇》，香港，一九九五年。

此詩，收入名詩人向明主編「噯。情詩」《情趣小詩選》。

李怡樂注釋：

詩中說：「葉子／很／薄　如／情」，反過來說，情薄如葉子，稍有「風」，葉就與枝分離。

詩中的「風」，可理解為：風言風語。

不是堅固的「情」，的確經不起流言飛語，「輕易」就會「吹走了」。

四行詩

你走了以後
被挑動的心弦
逐漸地
化為摸不著的天地線

《中央日報》，臺灣、
《萬象詩刊》，菲律賓，一九九五年。

新加坡著名詩人周粲：

　　這首詩雖短，但寫來深情款款，令人掩卷唏噓。

——摘自《回音是詩‧我就喜歡這種詩》

焚化爐

化了，斑白的亂髮
化了，慈眉善眼
化了，硬朗的骨頭

化了，柔軟的心腸
化做一堆灰燼
還諸地

化了，淡淡的哀愁
化了，萬丈豪情
化了，溫馨的回憶
化了，同情與悲憫
化為一股青煙
還諸天

化了化了
什麼都化了
除了
如同星辰般燦亮的
名字

《當代詩壇》，香港，一九九五年。

新加坡著名詩人周粲：

在和權的作品裡，這可以說是一首十分嚴謹、十分完美的詩。它幾乎到了「增一字則太多，減一字則太少」的地步。

——摘自《回音是詩・豈只深入淺出那麼簡單》

一島兩國

夜雨飄灑
總統府外
民主被驅離之後
一排傷心的路樹
突然大笑起來
笑聲礫礫
如驚濤
拍岸
濺濕了
電視機前
你的雙頰
他的衣襟

《萬象詩刊》，菲律賓，一九九六年。

新加坡著名詩人周粲：

　　詩人不說群眾而說民主。不說人而說「路樹」。這都是技巧恰到好處的應用。路樹不但能大笑，它的笑聲還能化為「實物」，把電視觀眾的臉和衣服弄濕，真是「匪夷所思」。

——摘自《回音是詩・我就喜歡這種詩》

青春

青春是
色彩繽紛的
馬車
飛快地
奔馳

噠噠的蹄聲
響遍
每一條回憶
的
柏油路

《世界日報》，菲律賓，二○○八年。

菲律賓著名詩評家李怡樂：

　　有新意，耐咀嚼。並予人美感。

　　「青春」是抽象名詞（虛），作者以（馬車）實喻虛。用「色彩繽紛」，「飛快地／奔馳」來修飾「馬車」，正符合青春的時光是短暫而且豐富多彩。一語雙關，幾行短句，「青春」，既形象又充滿色彩動感。這就是準確運用比喻的效果。

──《隱約的鳥聲‧技巧各異詩趣共賞》

八行

夜空
泛著點點
淚光

伸長手臂
山峰
想　擦拭
怨憎之
淚

《辛墾》，菲律賓，二〇〇八年。

李怡樂注釋：

　　望著夜景，詩人以悲憫之心，想像「山峰／想／擦拭／怨憎之
／淚」。

　　讀者當然知道，「山峰」與「夜空」相距何只萬里。想歸想，
實際上是不可能的事。

　　詩人以這種特殊的方式，暗示讀者：人的自私心不滅，「怨」
與「憎」就永久存在。

海豚

波濤中的興奮
已成為

小水池中的沮喪
海豚
賣力表演
以歡娛觀眾

牠
低聲哀咽
日夜懷念
海灣無限寬廣
湛藍的
自由

而
最精彩的表演
是撞牆
讓死亡去尋獲那
湛藍的
自由

《耕園》，菲律賓，二〇〇九年。

註：近年各地興建了不少海洋世界，利用海豚表演撈錢。而海豚感
　　到痛苦煎熬，常會自殺。

李怡樂注釋：

　　海豚是一種聰明會思維的動物，人類正是利用它來做各式各樣
的表演，「歡娛觀眾」。因為「懷念」自由，海豚「常會自殺」。

　　試想，如果人類被外星人（高級生物）捕捉去，日夜不斷的表
演節目，為了渴望自由，思念地球，應該也會去「撞牆」！

凝視

聽見
一陣
轟炸聲

乃由於，凝視屋蓋上的
鴿子

《辛墾》，菲律賓，二〇〇九年。

李怡樂注釋：

「轟炸聲」代表戰爭。

「鴿子」代表和平。

讀者如果把「凝視……／鴿子」，理解為「渴望……／和平」。那麼，你就會感到此詩的用字，竟如此的簡潔。

叮叮噹──讀〈風鈴偈〉有感

橫逆
都不放在心上
風鈴
其心就是空
但全身是
口

懸於飛簷之下
對春風秋風
說彌陀
對疾風談
畢竟空法
度一切苦厄
叮叮
噹噹
叮叮噹

《耕園》，菲律賓，二〇〇九年。

菲華著名詩評家李怡樂：

　　詩人在捕捉瞬間掠過的靈感時，出現少數只宜意會，不易言傳的作品……要欣賞此詩，你要應用視覺觀看——「風鈴」「懸於飛簷之下」；觸覺感受——「春風秋風」「疾風」；聽覺聆聽——「叮叮噹」，還得開啟你的智慧，理解「風鈴」對不同的「風」以不同的回應。其情景美、樂音美構成這首詩一種奇異美。或許，你可以學習「風鈴」，作為你的處世之道——「『橫逆』都不放在心上」，自問做得到嗎？

——摘自《和權詩文集·詩有真情更雋永》

停電又怎樣

黑暗
更襯出內心

萬丈
光芒

《耕園》，菲律賓，二〇〇九年。

菲華著名詩人、詩評家李怡樂：

停電，在電源無電的困境下，內心有萬丈光芒，環境黑暗，又奈我何！勇於面對艱苦，敢於奮鬥的精神，躍然紙上。很難掌握的深入淺出的寫法，在詩人的筆下卻應用自如。

——摘自《和權詩文集·詩有真情更雋永》

素描

美國仍在伊拉克
播種死亡
等著豐收
正義
全世界啞然
無聲
朝鮮仍在試射
寄託希望的核彈
全世界齊聲鼓譟

老太陽仍在天空中
苦著
一張臉

《創世紀詩刊》，臺灣，二〇一〇年。

菲華詩人蘇榮超：

　　「素描」、「染」、「糖果」、「官邸裡」、「砲彈與嘴巴」、「紅紅的花」等，皆是同類作品中主題較為突出及筆者喜歡的……雖然有著相同的主題，詩人的創作技巧及手法卻是多變的。

　　　　　　　　　——摘自《回音是詩·詩集出版了》

詩集出版了

書很輕
字，很重
因為
馱著歲月

《詩之葉》，菲律賓，二〇一〇年。

菲華詩人蘇榮超：

　　簡單的十二個字，沒有一個多餘的廢字，真真正正做到字字凝鍊，且四行詩句中用了兩個意象，精華就在最後一句，「馱著歲

月」，而令全詩淺而不白，深入淺出，讀完還想再讀，讀完還要深思。

——摘自《回音是詩・詩集出版了》

摩天輪

不知覺中運轉到
天上
才一眨眼
又降回地面

上去　上去
下來　下來
艷紅的落日
　　看多了
笑只笑
老是有人
想
永遠坐在
上方

《耕園》，菲律賓，二〇一〇年。

菲華著名詩人雲鶴：

新加坡摩天輪的上下輪轉，正如俗語說的風水輪迴轉、三十年

河東三十年河西。無論金錢、地位、權力……正如摩天輪,有上必有下,有盛必有衰,但世間上卻有那種「想永遠坐在上方」的「人」,而且相信為數極多。

——摘自《和權詩文集‧詩美的洗禮》

權力

不相信醇酒
令人迷亂
越喝
　越想喝

卻整天
說著醉話

《世界日報》,菲律賓,二〇一〇年。

菲華著名詩人雲鶴:

　　這首詩的創作,和權兄已與「浮華」揮別,以淺白的句法、以詩的「思想性」取勝,酒與權力與酒性之間相互交纏,令人「越喝越想喝」,雖不信會「令人迷亂」,一定會迷亂!一定在權力圈中「整天說著醉語」不能自拔!

——摘自《和權詩文集‧詩美的洗禮》

鷹

一飛衝天

因為掀動的翅膀

一左
一右

《詩之葉》，菲律賓，二〇一〇年。

新加坡著名詩人周粲：

這首表面上寫鷹寫鳥的詩，其實寫的是人。鷹只是一種寄托；也就是所謂「言在此而意在彼」。

——摘自《回音是詩·我就喜歡這種詩》

詩

一首詩
一塊晶瑩的
冰

融化之後
你，是否聽見了

解凍的
那一聲
　　嘆息

《詩之葉》，菲律賓，二〇一〇年。

臺灣名詩人向明：

　　極簡的手法，首段用隱喻來加強其肯定性，「一首詩」等同
「一塊晶瑩的／冰」的存在。然而有誰聽過冰融化時的嘆息呢？這
後一段興起的「大哉問」，有如禪師的偈語，看來極不搭調，其實
仍可悟出其中道理。

——摘自《隱約的鳥聲·聆聽〈隱約的鳥聲〉》

超度

莫非要超度所有
亡魂？

地震之後
葉子們
竟夕在風雨中
唸：
南無阿彌陀佛
南無阿彌陀佛

《耕園》，菲律賓，二〇一〇年。

新加坡著名詩人周粲：

移情作用。頗有新意。凸顯作者的慈悲心。

——摘自EMAIL

染

遍地的落花
　　　是紅的
池中的鯉魚
　　　是紅的
連一輪衰日
也是紅的

血，腥味的血
即將濺染一切嗎？

答案啊答案
就在千枚萬枚
互相瞄準
的
導彈中

《世界日報》，菲律賓，二〇〇九年。

麻雀

叫個不停
麻雀
自比蒼鷹
又自稱森林之
王

綠樹
笑得渾身顫抖
紅花
偷笑著

《耕園》，菲律賓，二〇〇九年。

李怡樂注釋：

麻雀是低飛且不能持久飛行的小鳥。

詩中喻眼高手低、不自量力的人。

「綠樹」、「紅花」只是旁觀者，正所謂旁觀者清。生活中，這種現象常見，讀者當可心領意會。

筵席上

聽見
大樹倒下
淒厲的
哀號

他　醺然
望著一雙筷子
發呆

《葡萄園詩刊》，臺灣，二〇一〇年。

此詩，收入二〇一〇《臺灣詩選》。
關於本詩：「筵席上」以「大樹」的「哀號」，向世人示警：不可
　　　濫伐森林，「筷子」幫人享受山珍海味時，人應警覺對
　　　生態環境的保護。

礁

把頭伸出海面
與浪濤
一起咒罵
愛情

把頭沉入水中
為你而流的

淚
沒人看見

《葡萄園詩刊》，臺灣，二〇一〇年。

此詩，收入《臺灣詩選》，二〇一〇年。
關於本詩：「礁」與「浪濤」，一剛一柔，一靜一動，象徵「堅
　　　　貞」和「水性」兩種截然不同的愛情觀。「礁」與生俱
　　　　來跟「浪濤」共處，所有的辛酸、委屈都付之流水，
　　　　「沒人看見」。

獨飲

誰說
沒有下酒菜？

伸出筷子
可以夾一只孤寂
可以夾一塊傷感
可以夾一片思念
也可以
夾一些帶點苦味的
憐憫

《世界日報》，菲律賓，二〇一〇年。

　　我非常欣賞他的短詩中提供的謎子。但是我更喜愛「獨飲」中的自我嘲笑……即便是和權先生詩中的憂傷感，我們也百讀不厭。原來，他的詩集中充滿著青年人活潑的氣派。讓我們閱讀他的詩集吧！

黑色時辰

停電
妻輕聲說：
小心
別絆倒了

活到今天
已習慣
黑
暗

什麼都看得見
　　　看得清

　　　　　　　　　　《詩之葉》，菲律賓，二〇一〇年。

菲律賓國家民族藝術家（文學類）VIRGILIO S. ALMARIO：

　　這種詩調中和含蓄的詩，將有助於我們的現代詩恢復這種風格，尤其是影響那些關心社會問題，但善於高聲疾呼，經常怒顏訓責他人的現代詩人。

即景

喞啾喞啾
金色的
鳥聲
撒得滿地皆是
芒果樹彎腰
　　撿了起來
笑著
　　笑著
　　　擲
　　　　回
　　　　　晴
　　　　　　空

《詩之葉》，菲律賓，二〇一〇年。

菲華著名詩人李怡樂：

作者以擬人手法，「芒果樹彎腰」把鳥聲「撿了起來」。這是小鳥們飛上芒果樹，逆向思維產生的詩句……「即景」一詩，邏輯性強，技巧多樣，幾個動詞的運用，非常準確。

——摘自《隱約的鳥聲·技巧各異詩趣共賞》

COOKIE

尾巴搖個不停
可愛的小狗COOKIE
又跳上身來
聞聞臉
舔舔手

餵了狗食之後
它，一溜煙
跑掉了
任你叫
也叫不來

跨出家門
我每天都看見
許多
COOKIE

《世界日報》，菲律賓，二〇一〇年。

菲華著名詩評家李怡樂：

　　作者運用明寫暗喻的技巧，深入淺出，把詩意從家中拓展向社
會層面，提昇了詩的境界。

——摘自《隱約的鳥聲·技巧各異詩趣共賞》

念

微醺時
緊抓住一縷
酒香
往上飄飛
或許
在暮色的雲端
見到
父
親

《世界日報》，菲律賓，二〇一〇年。

新加坡著名詩人周粲：

作者在這首詩裡，發揮了他極為豐富的想像力。他竟然匪夷所思地能緊抓住一縷酒香往上飄飛！讀者諸君，他抓住的，是不可見，不可能的香味，而不是一條繩子呢。

——摘自《回音是詩·我就喜歡這種詩》

菲華著名詩評家李怡樂：

沒有沉重哀傷的情調，此詩表達的是向上敬仰的思念。情真意美，像一幅色調柔和的水彩畫，給人悅目、平靜和輕鬆的感覺。

——摘自《隱約的鳥聲·技巧各異詩趣共賞》

異域

風來過
雨來過
月光　經常來

墓草說：
只有
他親密的人
沒來

就讓
墓草的傷感
飄向故園

《詩之葉》，菲律賓，二〇一〇年。

菲華女詩人欣荷：

　　這首詩，令飄泊異鄉的人，禁不住流淚。（欣荷眼中閃著「淚光」……）

李怡樂注釋：

　　海外謀生，客死他鄉。親人在千山萬水之外，墓地怎會不荒涼！

——摘自《回音是詩・詩集出版了》

魚・落花

魚
以為水池是
整個
世界

落花
隨風而去
才知道
天地
廣闊

菲律賓「聯合日報」詩之葉，二〇一〇年。

李怡樂注釋：

此詩初讀之下，似乎平淺：池中的魚；飄飛的落葉。

詩人正是要通過眾所周知的現象，啟示兩個道理：

一、受框框束縛的視野是極其有限的。

二、在海闊天高的環境，聰明才智得以充分發揮。「花」，如
　　果沒有脫離枝頭，隨風遠遊，永遠也不會知道，天地的
　　「廣闊」。

和平之城

一灘血
一塊肩膀
一條斷腿
一顆削掉半邊的
頭

耶路撒冷
這一座
隨時有人肉炸彈
開花的
城
什麼都有
　　　唯獨
沒有
人人心中的
企盼

後記：對猶太人來說，「耶路撒冷」意謂「和平之城」。

《文訊雜誌》，臺灣，二〇一〇年。

李怡樂注釋：

烽火連年，征戰不休的耶路撒冷，「唯獨／沒有／人人心中的／企盼」——和平。或許，基於渴望和平之意，名為「和平之城」。

詩中，描述戰爭的殘酷，悲慘之狀，令人觸目驚心。與題目「和平之城」，形成非常強列的反差，讀之印象深刻。

彈簧

現實
逼過來
暫屈一會兒
生活壓力
舒解後
我就伸

能伸
又能屈
無意間
長了一身
鏽

《創世紀詩刊》，臺灣，二〇一〇年。

李怡樂注釋：

此詩以「彈簧」喻人在現實生活中，求生存「能伸／又能屈」的真實狀況。到頭來，「長了一身鏽」，即是一身病痛，是不可避免。

飛

就算飛千年
萬年

也要飛出時空
的
羈絆

葉子說

《世界日報》，菲律賓，二〇一〇年。

李怡樂注釋：

不可否認，「葉子」的勇氣和精神可嘉。

「葉子」本身不會飛，必須借助風力。「要飛出時空的／羈絆」，還要不受地心吸引力的影響。讀者可聯想到一個人，想要衝出生活的困境，也同樣要有貴人相助；要有適合的良好的生活環境。否則，只能是美麗的空想。

超重——給周粲

把相見時的欣喜
流露的友情
以及
一夕的詩話
都用笑聲
包起來

自星返菲
過關時

櫃台小姐
卻搖首，說：
行李
超重

《耕園》，菲律賓，二〇一〇年。

菲華著名詩人雲鶴：

　　「友情」、「笑聲」與「重量」都是目不能睹的，但，詩人採用超乎物外的手法以喻友情之濃重……詩人把這幾項借詩人獨特的想像力，把「友情」以「笑聲」包起來！並借「過關」的一幕把這「超重」的「友情」具體化！高明極了，真令人拍案嘆服。

──摘自《和權詩文集・詩美的洗禮》

糖果

好心的叔叔
專門為小孩
製造了
滿山遍野
特別甜美的
糖果

一粒粒糖果
轟然吞食了

一個個天真的
生命
血與糖果一樣
鮮艷

糖果　好甜好美
叔叔　好好心啊

《詩之葉》，菲律賓，二〇一〇年。

註：在蘇俄與阿富汗的戰爭中，蘇軍研發出「糖果炸彈」，殺了不
　　少阿富汗小孩。

李怡樂注釋：

雖說戰爭中，兵不厭詐。但製造針對兒童的糖果炸彈，無人道
的獸行，令人髮指！

此詩以辛辣的語調，表達強烈的憤慨。

萬歲

有人向帝王
高喊「萬歲」
也有人向章魚
高喊「萬歲」

可那棺木
想了千年

依然不明白
什麼叫「萬歲」

註：南非世界盃，有一隻八爪神算之章魚，預測八場足球比賽，準
　　確率達百分之百。故有人向它高喊「萬歲」。

李怡樂注釋：

　　在地球上，生老病死是鐵定的自然規律。「棺木」是最佳見
證者，它根本無法理解，最聰明的生物，怎會有如此愚蠢的「口
號」。

奇石

今夜
珍藏的奇石
洩露了秘密：
這一塊
色彩斑爛的
是閨房中
濃濃的思念
化成的
這一塊
半黑半白的
是
征人未歸

老母親
枕邊的哽咽
化成的
而那醜醜怪怪
血紅的石頭
則是
千年之前
沙場上
一片喊殺聲
所化成

《世界日報》，菲律賓，二〇一〇年。

李怡樂注釋：

據說，天然奇石有「前世記憶」。

此詩中的奇石，給讀者勾勒出一幅，烽火連年人間悲劇圖：

「沙場上／一片喊殺聲」

「……閨房中／濃濃的思念」

「老母親／枕邊的哽咽」

試想，幾千年來大小戰事不斷，人類到底要幹什麼？

官邸裡

有人
丟
髒東西

沒人
丟
貪腐

垃圾简說

《詩之葉》，菲律賓，二〇一〇年。

菲律賓國家民族藝術家（文學類）VIRGILIO S. ALMARIO：

　　和權先生作為一位詩人的特點是他參與議論社會問題。……他的詩調中和含蓄，這在參與議論社會問題的菲律賓詩人中是難以尋找的。此詩，從頭到尾揭發前執政當局首領涉嫌的重大舞弊案件，和對它繼續進行的調查工作。詩篇充滿著諄諄告誡，抨擊「官邸裡」氾濫的貪污惡習；以及中央政府內的「污玷」。但是請觀看，詩中的情調並不因它而激情高聲罵叫，沒有我所謂廣告式的喧嚷，怒斥訓導，也就是西班牙統治時期一般詩歌的那種情調……這種詩調平和冷靜，流暢緩和的詩篇可以被視為中國傳統詩篇的一種特色，一種重要的貢獻。

菲華著名詩評家李怡樂：

　　和權的詩是「大智若愚」。從字面上看，平淡無奇……讀者若細細咀嚼，即會感到淺中見深的妙處。

——摘自《和權詩文集・序》

隱約的鳥聲

年紀愈大
鏡子裡的我
愈小
小到幾乎不見了
連鏡子
也變成
　一扇窗

窗外是藍天
白雲
巍巍的山
渺渺的海
還有
隱約的鳥聲

《詩之葉》，菲律賓，二〇一〇年。

臺灣著名詩人瘂弦：

　　「隱約的鳥聲」新詩集的主題詩，很絕妙。佛家也喜歡以明鏡悟法解義。洛夫有詩寫鏡中的花被他拂去。與大作「異曲同工」。

菲華名詩人雲鶴：

　　讀此詩，讀者會覺察到詩人在題材的處理、明暗喻的交相採用非常繁複，並捨棄了面的鋪陳而集中於點的發揮：以「愈大」的「年紀」，對比著「愈小」的「我」；借著「鏡子」以推開另一扇「窗」，以這扇窗中的景色（山、海、白雲、青山）以喻純璞歸真

融入大自然的心態，不落痕跡地層層掀開，甚為高明。

——摘自《和權詩文集·詩美的洗禮》

紅紅的花

庭園裡
綻放朵朵
紅紅的
花
幽僻的巷尾
熱鬧的街頭
靜穆的教堂
砲聲隆隆的
戰場
也綻放朵朵
紅紅的
花

紅花
於眉間綻放
於胸前綻放
啊——
槍口冒煙時
你可以看到
一朵朵嬌美鮮艷的

紅
花

《創世紀詩刊》，臺灣，二○一○年。

李怡樂注釋：

　　此詩第一段落的「紅花」是實體，第二段落的「紅花」是比喻，比喻那些從「眉間」「胸前」綻放出來的。在詩人的眼裡都是「紅花」，那些在戰場上犧牲的戰士都值得佩戴「紅花」──為自己的信仰、為祖國捐軀的精神。所以，詩人形容那些「紅花」，是「一朵朵嬌美鮮艷的」。

　　此詩第二段「紅花」喻旨，作者沒有寫出來，就是要留下寬闊的空間給讀者去思考。這段沒有殘酷的血腥的文字，即是作者的高明之處和御駕文字的功力。

──摘自《隱約的鳥聲·技巧各異詩趣共賞》

砲彈與嘴巴

砲彈
至今仍在天空中
呼嘯
它發自
百萬張
千萬張

高喊正義的
嘴巴

《文訊雜誌》，臺灣，二〇一〇年。

李怡樂注釋：

　　霸權主義者總是以炮彈代替嘴巴喊話，自稱是正義的一方，對方是冥頑不靈的東西。關注時事的讀者將會心一笑（苦笑）。

象牙

血肉模糊
一具龐然的屍体
躺在哪兒
沒有牙，圓睜的眼
再也看不見
茂密的森林

擺在書架上
來自非洲大陸的
一對潔白的象牙
流露著美
玉一樣溫潤的美
若是你多看一眼
或者予以凝視
啊—

似乎聞到它的血腥
　　聽見它的控訴
甚至看到了
它對人類的不仁的
嘲謔

《創世紀詩刊》，臺灣，二〇一〇年。

李怡樂注釋：

　　「象」沒有罪過　卻因有一對象牙，「玉一樣溫潤的美」，而遭殘殺。有悲憫之心的人，會從象牙的「潔白」，「聞到它的血腥」，「聽見它的控訴」，「甚至看到了」人類自己的不仁。

　　象死得極不甘心，「沒有牙，圓睜的眼」，死不瞑目！讀此詩，令人震撼。

金錢草

化膽石
如化冰雪

卻化不了
比花崗岩硬
的
鄉愁

《創世紀詩刊》，臺灣，二〇一〇年。

此詩，收入名詩人張默編著《小詩・隨身帖》。

李怡樂注釋：

　　金錢草是一味中藥。其功效：清熱、利尿、排石。
　　詩人借此以表達，鄉愁之不可改變，其堅硬的程度。超過花
崗岩。
　　此詩，既通俗又簡明。

殘障三題

聾

許多人和你一樣
聽不見
優美的歌詩

唯你
聽見了
她
撲撲的心跳

啞

既不哀叫
也不呻吟
僅以淚的亮光
告訴你：

絕不
彎腰

盲

緊緊閉著
全然不見的眼睛
明白了解
即使沒有人引領
即使只有一根
拐杖
踏在腳下的
仍是

正路

《文訊雜誌》，臺灣，二〇一一年。

　　二〇一三年，二月十六日，菲律賓華校學生在此間愛心基金會朗讀和權的作品〈樹根與鮮鮑〉、〈和平之城〉、〈殘障三題〉。另，馬尼拉計順市華校，擇取和權詩作〈殘障三題〉等訓練學生朗讀。

　　二〇一四年十月，臺灣《創世紀詩刊》創刊一甲子，《文訊雜誌》特別展出《創世紀詩刊》創刊迄今一八〇期詩刊封面，以及四十七位創世紀同仁風格獨具的詩手稿。和權的小詩手稿〈殘障三題〉，與他的照片和簡介一同展出。（地點：台北市紀州庵文學森林。）

辛酸

每次經過母校
那校門
總是張著嘴
向我講述
滿腹的辛酸

唉！
我說什麼好呢？
自己
華校畢業的
後代
也看不懂
中文報紙

《世界日報》，菲律賓，二〇一一年。

李怡樂注釋：

　　從華校畢業的學生，「看不懂／中文報紙」，究竟是社會問題，還是教育問題？難怪母校的校門，有「滿腹的辛酸」「向我講述」。

瞄準

有我的導彈
便有我的和平
有你的導彈
便有你的和平

而互相瞄準
便有了一個
太平
盛世

《詩之葉》，菲律賓，二〇一一年。

著名詩人瘂弦：

此詩，精確表達出現狀，令人省思。
〈瞄準〉寫今日以戰止戰的國際關係，很妙。

紅綠燈

希望
前面總亮著
綠燈

黃燈　亮給煩惱

紅燈　亮給愁苦

亮給飢餓

亮給疾病

亮給趕路的

歲月

至於綠燈

就亮給

愛吧

讓愛

通行無阻

《詩之葉》，菲律賓，二〇一一年。

臺灣著名詩人瘂弦：

「紅綠燈」一詩：「至於綠燈／就亮給／愛吧」，絕！

時間——遊印尼BINTAN有感

每天

傍晚

浪潮都準時

來收撿

深深淺淺的

腳印

一天又一天
一個月又一個月
一年又一年
一世紀又一世紀
浪潮
不計數
收撿多少
腳印

《世界日報》，菲律賓，二〇一一年。

菲華著名詩人雲鶴曾在其主編之「文藝」（世界日報），選本詩為
年度好詩第一名。

墓園

蹲下身
抓起一把沙土
我看到了真相

《詩之葉》，菲律賓，二〇一一年。

臺灣名詩人瘂弦：

　　和權的短詩是「華文詩壇一絕」，而「墓園」一詩，僅三行，
可是十分警策，所謂四兩撥千斤。

機上・落日

今天才知道
黃昏時
那顆艷紅的落日
不是
隱入雲海中
休
息

而是匆匆
趕往人世間
點亮了
萬家
燈火

《世界日報》，菲律賓，二〇一一年。

菲華著名詩評家李怡樂：

　　此詩是詩人在飛機上捕捉到靈感而創作。完成此詩，靠的是作者非凡的想像與技巧的配合……詩人要歌頌的，是這種越來越薄弱的「太陽精神」。

——摘自《回音是詩・灌注真情詩長存》

長短刀

切割著
兩支冷冷的長短刀
切割掉童年
切割掉中年
切割掉老年

牆壁上
如此鋒利的
長短刀
就是切割不了
笑中
帶淚的
詩

《世界日報》，菲律賓，二〇一一年。

菲華著名詩人李怡樂：

滲透著真情的好詩，絕不會被時間的長流煙沒！

——摘自《回音是詩‧灌注真情詩長存》

玩彈

小孩　玩
玻璃彈

大人　玩
原子彈
氫彈
中子彈
還有遠程精準的
導彈

玩彈　玩彈
全世界
都玩彈

《詩之葉》，菲律賓，二〇一一年。

李怡樂注釋：

　　「玩彈」與「完蛋」諧音。「全世界／都玩彈」兩層意思：
一、全世界「大人」，都武裝到牙齒。二、全世界將因核戰爭而毀
滅，都完蛋。

島嶼

他們臉紅耳赤
又爭又吵：
這島嶼
是我們的

島嶼
看在眼裡
暗笑：
等你們
都不見了
又將
屬於誰呀？

《創世紀詩刊》，臺灣，二〇一一年。

李怡樂注釋：

　　「他們」各自要把「島嶼」佔為己有，「又爭又吵」。詩中「島嶼」的神情，頗似莊子，根本不予理睬。（或許莊子心想：你說是你的，就是你的嗎？我就是我！）

除夕

床
一直不讓我
入眠

它說：
看啊
滿天都是
閃爍的
思念

《創世紀詩刊》，臺灣，二〇一一年。

李怡樂注釋：

除夕夜，思潮洶湧而無法入眠，滿天閃爍的星星像思念那麼多。

今夜，與「我」最親密的是「床」，於是「床」成了「我」怪罪的對像。增添了許多聯想和只可意會的詩趣。

寺廟裡

木魚說：
空！
空！
空！
空！

說給誰聽呢？
來燒香，來拜佛的
都有一些心願——
願財運亨通
願長命百歲
願無災無禍
願多子多福

空！
空！
空！
空！

《詩之葉》，菲律賓，二〇一一年。

菲華詩評家李怡樂：

詩中有詩人的情感，向世人釋放出善意——要學佛而不是求佛。

——摘自《回音是詩・灌注真情詩長存》

筷子與刀叉

祖父在時
桌子上
擺著一雙雙
筷子

父親在時
桌子上
擺著筷子
也擺著刀叉

今天
僅僅擺著
刀叉

《世界日報》，菲律賓，二〇一一年。

李怡樂注釋：

　　此詩通過三代人使用餐具的變化，描述了移居海外華人定居後，逐漸西化「今天／僅僅擺著／刀叉」。

星洲賽車

再快
也離不開地面
呵呵——
離不開　老
離不開　病
離不開　死

再遠
也只是繞著圈子

愛情　麵包
麵包　愛情

《詩之葉》，菲律賓，二〇一一年。

李怡樂注釋：

　　人山人海觀看賽車，詩人竟然隨手拈來入詩。聯想到人生的規律──生老病死；生活「繞著圈子」，總擺脫不了「愛情／麵包」（食、色兩性也）。

字

吸著煙
嘴裡
吐出的雲霧
怎麼看
都像
潦草的

癌

《創世紀詩刊》，臺灣，二〇一一年。

新加坡名詩人周粲：

　　這首詩的特別之處，是避免以說教的方式勸人不要抽煙，而是

用文學、用藝術、用詩的表現手法，提醒讀詩的人抽煙和患癌之間的密切關係。

——摘自EMAIL

香

默默地
吐露淡淡的
氤氳
蘭花
彷彿訴說著
雨漬
風霜

我聽見了
耳朵裡
滿是
幽
香

《詩之葉》，菲律賓，二〇一一年。

李怡樂注釋：

　　蘭花吐露著芬芳，「我」似乎聽見，她在訴說世間生活的艱辛，和風雨浸漬的人生。這輕聲細語充滿同情，伴隨她特有的淡淡

清香，沁入「我」的耳朵。

香「氤氳」，指煙雲彌漫的樣子。本詩中的「幽香」，可理解為憐憫和愛，如煙雲彌漫的樣子。

項鍊

當年
露營時
在帳篷下
我用昆蟲
細細的鳴叫
串起了
悄悄話
幫妳掛在胸前
的
那一條項鍊
還在嗎？

還在嗎？
那一條項鍊

《乾坤詩刊》，臺灣，二〇一一年。

菲華著名女詩人謝馨：

十分喜歡這首情詩。很是動人。

　　「昆蟲細細的鳴叫」把「悄悄話」形象化。究竟是些什麼話，讓讀者從個人的戀愛經驗中去想像。把「悄悄話」串成「項鍊」。妙！

　　當年「幫你掛在胸前」「還在嗎？」換言之，是要你常常掛念著，我的「話」，還記得嗎？

　　我對你說的那些「悄悄話」，還記得嗎？詩的結尾，是詩人語重心長的問話，更顯得詩人的款款深情。

　　此情此景令人感動。

雪

誰說
生長在千島之國
我
未曾見過雪

大街上
一張張冷臉
一對對

冷眼
不都在下雪嗎？

《香港文學》，二〇一二年。

中國著名詩評家劉登翰：

　　和權是菲華詩壇有成就的詩人之一。他常常在說與不說之間來說，不說是一種鋪墊，而不說之說才是更深刻的說，如這首「雪」——雪的意象從自然的、生理的冰涼感受，轉化為社會的、心理的冷酷感受，詩人對社會的剖析與批判，便在看似無言中深入了一層了。

——摘自《香港文學・繽紛華園的楊柳折枝》

賣笑的女郎

政客是
賣笑的女郎
穿著薄紗似的
謊言

而老百姓的淚
是
雨

一淋
就凹凸盡現了

《香港文學》，二〇一二年

菲華著名詩評家李怡樂：

和權善於比喻。他非凡的想像力，使得詩中的比喻顯得靈活而新奇——這是一首諷刺詩，沒有謾罵、刻薄的字眼，卻非常尖銳揭示偽善的政客，同情老百姓。容易引起哄鳴。

——摘自《震落月色·序》

憂鬱的筆

不想
碰筆

它，滿肚子不平
一碰
即刻在詩中
洩
　露

《世界日報》，菲律賓，二〇一二年。

李怡樂注釋：

「不想／碰筆」。起首句，故意引讀者疑惑。其疑問，在第二段揭曉。筆如其人，「滿肚子不平」，一動筆，則不可收拾，所有的牢騷都在「詩中／洩／露」。

抽象畫

那不是雙頰
是夕陽
那不是臉
是黃昏
那不是聳動的
眉
是歸鳥

啊！
你看到的不是眼睛
是充盈憐憫的
湖光
山色

《詩之葉》，菲律賓，二〇一二年。

李怡樂注釋：

　　以黃昏、夕陽、歸鳥和湖光山色，構成一幅抽象的容顏。但
「眼睛」透露了真相：「充盈憐憫」。

葉子與浪花

在風中
葉子
想說什麼
就說什麼

在海中
浪花
想說什麼
就說什麼

啊──
幸福的葉子
幸福的浪花

《世界日報》，菲律賓，二〇一二年。

李怡樂注釋：

　　幸福的定義，因人而異。沒有牽掛，也是一種幸福。像風中飄飛的「葉子」；像帶著歡笑，飛舞而起的「浪花」。

得詩一首

哈！
又得詩一首

妻說：
能當飯吃嗎？

能當飯吃嗎？
問月亮
它滿臉尷尬
啊月亮
也在寫詩
以柔和的
光
寫在山川河流上

《香港文學》，二〇一二年。

李怡樂注釋：

　　詩，不是飽腹的米飯。詩，是精神糧食，「得詩一首」，在精神上又多一份充實。月亮無法回答「妻」的問題，因為月亮不食人間煙火。她「也在寫詩」，曹操、李白、蘇東坡⋯⋯都讀懂她的詩意。

舞步

荒廢的庭園
鏽化的門環
蒙塵的桌面

還有，散落一地的
書籍

你看到的
無不是
時間
踏出的舞步

《文訊雜誌》，臺灣，二〇一二年。

李怡樂注釋：

如何描述無形的「時間」，「舞步」為我們作了很好的示範。
由此，讀者將可發現時間掠過的痕跡。

總統

當上總統了
掌握大權了
擁有金山
銀礦了

正在高興
卻看到一間牢房
關著痛苦
關著絕望

啊一驚而醒
總統
問遍每一隻蚊子
都不願
當總統

《詩之葉》，菲律賓，二〇一二年。

李怡樂注釋：

看似「南柯一夢」的現代版。有趣的是「蚊子／都不願／當總統」，或許它們的前世已是「總統」。

清官

霓虹燈
因黑暗的降臨
而亮了

越黑暗
越亮
麗

《世界日報》，菲律賓，二〇一二年。

　　以夜裡亮麗的「霓虹燈」喻「清官」，正說明，當社會越「黑暗」，社會大眾越是需要「清官」。

　　此詩精簡而形象。

獎座

榮譽
好沉好重

木雕的獎座嵌著霞光
聞起來
卻有汗和血的味道

　　　　　　　　　　　　《耕園》，菲律賓，二〇一二年。

李怡樂注釋：

　　獎座，代表榮譽。

　　榮譽，是多年來成就的總和。當然「好沉好重」。

　　「木雕的獎座」鑲嵌著金光閃閃的名字，聞起來想當然是油漆的香味。不料，詩人給讀者一個「意外」：「有汗和血的味道」。

　　這鏗鏘妙語的結句，讓讀者明白：這「榮譽」實至名歸。

夫妻

如不相融
化成一片
如何成
詩？

啊啊
妳是意　他是象
他是情　妳是景

《辛墾》，菲律賓，二〇一二年。

李怡樂注釋：

　　寓意於象（具象），形成意象。寓情於景，是謂情景。這就是
寓虛於實的詩創作技巧。意象與情景要「相融／化成一片」，才能
「成詩」。以夫妻關係喻之，則是夫唱婦隨，感情和諧的好夫妻。
　　此詩，因人不同理解各異，有雙向作用。

回音是詩

在山谷中
他們放聲大叫
回音
不絕

啊啊
扯開喉嚨大叫的
是
世界
回音是詩
詩是回音

《詩之葉》，菲律賓，二〇一二年。

此詩，曾由菲華著名國畫家、書法家蔡秀雲女士揮毫題寫於畫卷上。

震落月色

震落了，鏡中滿頭慘白
的月色
我大笑——

我大笑
目睹天災之後我還能的話

《詩之葉》，菲律賓，二〇一二年。

李怡樂注釋：

　　第一段詩人在「鏡中」看到「滿頭慘白／的月色」，「我在笑」，對個人年華老去，一笑置之的豁然開朗。

　　第二段表達的是，「目睹天災之後」災民們的慘狀，悲憫之心油然而生，還能大笑嗎？詩人捫心自問，這是倒裝句型。

顏料

綠
仇恨
藍

白
歧視
黑

紅
快要滅種了

黃
被排擠
遭圍堵

《詩之葉》，菲律賓，二〇一二年。

新加坡著名詩人周粲：

「顏料」一詩，簡潔而有創意，耐咀嚼。

——摘自EMAIL

放學啦

不是裝聾
就是作啞

年紀大了
什麼也不想聽
什麼也不想說
唯一
例外的是
還想聽
童年入學時媽媽的叮嚀
還想大聲說：
媽！
我放學啦

《世界日報》，菲律賓，二〇一二年。

李怡樂注釋：

　　修心養性要求我們「放下」，當「年紀大了」，保持著樂觀、
淡定、平靜的生活，似乎世間的一切都可「裝聾」「作啞」以對。
但「唯一／例外……」，是童年與媽媽的親情，銘記於心，永不忘。
　　本詩以放學回家，展示出一幅溫馨畫面。

沉默

貢奉在
你的
墓前

沉默
花瓶似的
插滿了
潔白　清香
的
思念

《文訊雜誌》，臺灣，二〇一二年。

新加坡著名詩人周粲：

「沉默」一詩，很美，很有詩意。

——摘自EMAIL

星語

用心
去聆聽
你　就會聽見

星與星
的交談

每一閃
都是問候
都是互相關懷的
話

啊！
關懷哪一顆星
又殞落了

《文訊雜誌》，臺灣，二〇一二年。

李怡樂注釋：

「星與星」之間的距離，以光年為單位計算。它們的「交談」，只能「心電感應」，所以要「用心／去聆聽」。詩人以此很形象地表達未曾謀面，卻又神交已久的雙方，正如詩中的「星與星」。它們「每一閃」，「都是問候」、「關懷」。這是純粹的精神交流，與相互利用的物資交換，有著天壤之別。

樹影婆娑

揮掃不去
茶几上的
月光

月光啊
心中淡淡的
憂傷

《辛墾》，菲律賓，二〇一二年。

菲華著名詩評家李怡樂：

「憂傷」、「月光」為一虛一實。一內一外，其共通之處就是
「揮掃不去」。此詩情景淡雅（月下品茗），意境淒美（淡淡的憂
傷），讀罷回味無窮。

——摘自《震落月色・序》

瓶

買了一個人花瓶
妻將它
靠牆擺著

我搖頭
「瓶子
　喜歡獨立
　不要
　　靠」

《詩之葉》，菲律賓，二〇一三年。

李怡樂注釋：

「大花瓶」夠穩夠重，配給它萬年青適合，插上幾枝紅梅雅而不艷，只要「我」喜歡，擺設在哪裡，都可獨當一面，何需「靠」！

「妻」有愛惜之心，而「我」獨具慧眼。

歸宿

最後的歸宿不是
大地
而是腸胃

煮的
煎的
炸的
燒的
一盤盤佳餚
令人吃得眉開
眼笑

唉唉！
病死雞呀
病死豬啊

《世界日報》，菲律賓，二〇一三年。

菲華著名詩評家李怡樂：

　　詩人高明地以「一波三折」的形式，揭露出問題的本相，以及事態的嚴重。

——摘自《霞光萬丈·序》

錄音帶

沉默
並非沒有話
說

小老百姓
一卷卷
尚未播放的
錄音帶
不僅收著如詩般
的樂句
還收著如泣如訴的
悲調

《辛墾》，菲律賓，二〇一三年。

新加坡著名詩人周粲：

　　「淚」、「翅膀」、「碎石」、「錄音帶」、「垂淚」、「中

藥」、「蜉蝣」、「江河與海潮」、「黃昏飲茶」……這些詩皆耐咀嚼。耐咀嚼的詩，都是好詩。

——摘自EMAIL

大餐廳

　　蔚藍的天。遼闊的海。粼粼的水波。海底一欉欉珊瑚。一隻隻悠游的鯊。一艘艘破浪的船。一張張撒下的網。

　　啊！一碗魚翅。看到了蔚藍的天，遼闊的海……傷殘的鯊的顫動。

《世界日報》，菲律賓，二〇一三年。

菲華著名詩評家李怡樂：

　　此詩，第一段給讀者展示「蔚藍的天、遼闊的海」，何等美好的生態環境！第二段，入目的「一碗魚翅」，想到血濺碧海，「傷殘的鯊的顫動」，令人震撼。這種肆意破壞大自然環境的殘殺行為，讓人聯想得更多、更深……

——摘自《震落月色‧序》

石說

石說：
人間
有太多的不平

卻不知道
有多少大石小
石
就有多少不
平

《詩之葉》，菲律賓，二〇一三年。

李怡樂注釋：

　　道路因有大大小小的石子而不平，換言之，石子是不平的製造者。但是，石子卻埋怨：「人間／有太多的不平」。這與賊喊捉賊，何其相似乃爾。

螞蟻

賭場
一塊塗滿甜漿的蛋
糕

人啊
圍攏過來的
螞蟻
競相扛著
一塊
悲劇
回家

《耕園》，菲律賓，二〇一三年。

李怡樂注釋：

　　詩人以「螞蟻」喻「人」去「賭場」扛「蛋糕」。這「人」即是賭徒。十賭九輸，賭到妻離子散，家破人亡，便是常見的「悲劇」。

　　此詩比喻恰當，寓意深遠。

澆

晨光中
她在陽台上
一面澆花
一面快樂地唱
歌

這朵素雅馨香的
花

你要記得天天
澆呀

《葡萄園詩刊》，臺灣，二〇一三年。

李怡樂注釋：

　　詩人以「她」大清早「澆花」的行動，表示將這「花」養育得「素雅馨香」，「要記得天天／澆呀」。顯然意在言外，讀者可想像其他事物替代「花」。此詩多解。

淚

要輕鬆
不要沉重

不要化為
一陣
雨

誰的心中
沒有一片
雲

《耕園》，菲律賓，二〇一三年。

　　「家家都有一本難唸的經」。這就是「心中……一片／雲」。
但男人有淚不輕彈，要懂得擔當，懂得放下，懂得運用智慧。

正義之音

聽見過
正義之音嗎？

嘿！
當槍炮口發聲
你就
聽見了

《文訊雜誌》，臺灣，二〇一三年。

李怡樂注釋：

　　弱國無外交。強軍才能安邦。至少在當前這個世界，是很現實
的理論。

　　如果沒有強大的軍事存在，超級大國隨便一個借口，就立刻入
侵你的國土。「正義」，得聽「槍炮口發聲」。

燭

生來
就是要燃燒

夜裡
一點搖晃的
光
給人照耀大地的希望

詩啊
我的燭火

《詩之葉》，菲律賓，二〇一三年。

李怡樂注釋：

　　讀第一、二段詩句，顯然是詠燭。至第三段才發覺，詩人原來
寫詩情於燭，借物詠懷：「詩啊／我的燭火」。

觸摸悲憫

大颱風蹂躪九省之後
人們
紛紛捐出同
情

惟
災民的
手
夠不夠長
觸得到同情嗎？
摸得到悲憫嗎？

《詩之葉》，菲律賓，二〇一三年。

菲華著名詩評家李怡樂：

詩人的「憂思天下」，針砭時弊的這類詩作，依然是和權詩集
與眾不同的一個亮點……此詩向社會大眾揭示令人痛心的事實，即
是大量的捐款、捐物不「到位」，災民們的手不夠長，觸摸不到
「悲憫」。

——摘自《霞光萬丈·序》

木

既然不能
留在森林裡
只好
這樣想：
儘快成為書桌
或者棟
樑

不料
卻被裝訂成
棺
木

啊！
這亂世

《世界日報》，菲律賓，二〇一三年。

菲華著名詩評家李怡樂：

　　造成「木」悲慘命運之「因」，是「這亂世」。言外之意，讀者可回頭逐行逐句琢磨。

——摘自《霞光萬丈・序》

時間博物館

任人瀏覽

喜歡也好
不喜歡也好
欣賞也好
不欣賞也好

詩千首
那些
靜寂擺在時間博物館
的
瓷器

《世界日報》，菲律賓，二〇一三年。

菲華著名詩評家李怡樂：

　　和權有豐富的情感，又有奇思妙想的天賦，成就了他的短詩繽紛多彩，意境奇特。試問，你相信嗎？詩是一種瓷器……要不是和權獨創出「時間博物館」，那千個「瓷器」（詩千首），真不知要存放何處。

——摘自《霞光萬丈・序》

好韻無窮

乾澀
又怎樣？

假如你想知道
請給予
熱情的火
溫柔的水
滿懷的期待

即可嗜到沁人心肺的
馨
香

人世間
一罐上等好
茶
韻味無窮

《世界日報》，菲律賓，二〇一三年。

菲華著名詩評家李怡樂：

　　從字面上看，此詩描述如何將「乾澀」的茶葉，沖泡出「沁人心肺的馨／香」。當你明白，詩人以「茶」喻「人世間」，詩句的言外之意，就得細細咀嚼。

　　　　　　　　　　　　——摘自《霞光萬丈・序》

樹葉的話

樹葉是
風的子民

風一來
便爭著訴說滿腹的
悲苦

卻不知
風兒
聽著聽著
就忘了葉子們
的話

《辛墾》，菲律賓，二〇一三年。

李怡樂注釋：

「樹葉是／風的子民」，即是說「樹葉」是小老百姓，「風」
即是所謂的父母官。風掠過「就忘了」，下一陣「風」來還是一樣。

踢毽子

童年
是歡叫著
把毽子踢上
天

直到今天
毽子
仍在空中
沒掉下來

《世界日報》，菲律賓，二〇一三年。

李怡樂注釋：

　　「童年」是歡愉的年代，難忘的時光。那「踢上天」的毽子，如今還「沒掉下來」，你相信嗎？反正我相信，我也在等那毽子落下來，繼續玩「踢毽子」。

垂淚

毒奶粉
瘦肉精
毒豆芽
問題膠囊
注水肉
假牛羊肉
病死豬

我望見
觀音
在燭光裡默默地
垂淚

《世界日報》，菲律賓，二〇一三年。

李怡樂注釋：

　　「望見／觀音」「垂淚」，那是詩人的悲憫之情的反映。
　　淚，為無辜受害者流；為犯罪者的變態流。

登王城（之二）

笑著
我問古砲
戰爭
結束了嗎？

不作聲
鏽跡斑斑的
古砲
斜斜指著
染血的
遠天

《文訊雜誌》，臺灣，二〇一三年。

李怡樂注釋：

　　「古砲」老了，「鏽跡斑斑」。「古砲」的時代已經結束了，
新一代武器成為戰場的主角，看「染血的／遠天」，可知戰爭方興
未艾。

百年後

百年後
什麼地方也不去

只想
隱身於
圖書館裡

千年後
依然歡迎三兩知友
登門
談詩

《世界日報》，菲律賓，二〇一三年。

李怡樂注釋：

　　「百年後」、「千年後」都是詩意歲月。「什麼地方也不去」，只想讀書，「談詩」。此人不是書呆子，是做學問的執著。

想詩

詩是
飛掠而過的
鴿子

想
是敞開的
空鳥籠

《詩之葉》，菲律賓，二〇一三年。

171

李怡樂注釋：

　　詩人很形象地描述了捕捉靈感成詩的過程。想，像「空鳥籠」；詩，像「飛掠而過的／鴿子」。

　　當詩的靈感來臨，要能及時的捕捉入「鳥籠」。否則，「鳥籠」裡還是空空如也。

菊花石筆筒

筆是
生長在石筒裡的
樹

果子
熟透了
就一顆顆
掉落在

稿紙上

　　　　　　　　　　《葡萄園詩刊》，臺灣，二〇一三年。

新加坡著名詩人周粲：

　　這是一首詩選集必選的「好詩」。

　　　　　　　　　　　　　　　──摘自EMAIL

李怡樂注釋：

　　詩中筆、筆筒和稿紙，其內在關係，通過詩人新奇巧妙的比喻，令人眼前一亮，又很容易理解。

水柱

靜坐了
一個下午
那水池
終於在暮色中
激射出
異彩繽紛的

詩思

《文訊雜誌》，臺灣，二〇一三年。

李怡樂注釋：

　　詩，並非某些人說的，是散文的分行形式。即使小詩，也得精心設計，錘煉字、句⋯⋯等等過程。此詩，如實地描寫詩創作的情形，「靜坐了／一個下午」的醞釀，「終於」獲得美妙（「異彩繽紛」）的構思。

　　寫詩，確實是件不容易的事。

畫家

只勾勒幾筆
就把妳的容顏神情
呈現了出來
連唱歌的眼睛
也畫出來了

思念
另類的畫
家

《辛墾》，菲律賓，二〇一三年。

李怡樂注釋：

　　當思念一個人，特別是心上人，其一舉一動，一顰一笑都清晰
呈現於腦際。

　　詩人以「畫家」喻「思念」，這以實喻虛的技巧，運用得恰到
好處。

街童

送完禮物後
聖誕老人
又駕著鹿車

叮鈴叮鈴地
回去了

天真的臉
很失望：
路邊
沒有煙囪
我收不到
禮物

《耕園》，菲律賓，二〇一三年。

李怡樂注釋：

聖誕節到來時，聖誕老人總是喜歡把禮物從煙囪投放進去。可是，那些無家可歸，饑寒交迫的街童，無法收到聖誕禮物。
詩中情節簡單，卻引人深思。

搖椅坐不得

搖呀搖
搖到饑餓的童年
搖到媽媽
淚眼模糊的歲月
搖到日機
轟炸的年代
搖到八國聯軍

侵華的時期
搖到唐朝的戰亂
啊啊
搖到第三次世界大
戰

太可怕了！
搖椅，真的
坐不得

《乾坤詩刊》，臺灣，二〇一三年。

李怡樂注釋：

「搖椅坐不得」，讓讀者產生懸念。

詩人以「搖」字替代「追憶」。於是，便以「搖椅」搖出了中國一幕幕苦難動亂歷史，進而以此類推，搖出「第三次世界大戰」。這並非危言聳聽，自從第二次世界大戰後，國際間的局部戰爭，就不斷發生。只是還沒嚴重到「大」字而已。

大家知道要居安思危，何況如今的世界，一直不安定。的確，這「搖椅坐不得」。

星期天下午

夕陽
以腥紅的顏色
說出人間

一場場悲慘的
戰爭

古老的教堂哪
卻用響亮的
鐘聲
道出人世的
祥和

《辛墾》，菲律賓，二〇一三年。

李怡樂注釋：

　　詩人以「夕陽」「腥紅的顏色」，表述「教堂」外面的世界，
充滿「悲慘的戰爭」。「戰爭」一詞，在此是多義的，它包含：
橫屍遍野的軍事行動；勾心鬥角的政治較量；爾虞我詐的商業競
爭……

　　「教堂」裡的氣氛，是純淨、肅穆、祥和。其響亮充滿正能量
的「鐘聲」，能否壓制住外面的喧囂？

　　有道是，「邪不勝正」。也有「道高一尺，魔高一丈」的說
法。值得讀者深思。

一尾詩

月光
冰冷的汪洋
可以讓你駕一葉

思維
盪過去
在海中垂釣
啊，竟釣起
一尾
活蹦亂跳的

詩

《詩之葉》，菲律賓，二〇一三年。

此詩，選入聯合新聞網udn藝文閱讀「獨立作家詩選」──選自
《震落月色》詩集。

李怡樂注釋：

　　古今詩人以月光為靈感，寫情寫景的詩篇無數。而和權「一尾
詩」，寫的是在月光下，詩創作過程的怡悅心情。
　　「詩」，為何是「一尾」？和權運用現代詩的轉化手法：
　　一、「月光如水」，故「月光」喻為一片「汪洋」很容易理解。
　　二、和權把「思維」轉化為「汪洋」（月光）中的小船──
　　　　「一葉／思維」。
　　三、於是搖蕩這小船到「海中」釣魚──「盪過去／在海中垂
　　　　釣」。「垂釣」，即是意指醞釀詩句的過程。
　　四、按常理，「垂釣」是釣魚。可是，詩人以「思維」「垂
　　　　釣」，因此釣出來的是「一尾詩」。
　　詩人的奇思妙想，令人嘆服！

漂鳥

清晨
坐在書桌前
筆，很有精神
稿紙也笑臉迎人
至於詩思
啊詩思這隻漂鳥
在筆尖下
輕快地
飛翔

《文訊雜誌》，臺灣，二〇一三年。

此詩，選入聯合新聞網udn藝文閱讀「獨立作家詩選」──選自
《震落月色》詩集。

李怡樂注釋：

　　和權的詩總是變化多端。在「一尾詩」，詩人以巧妙的比喻，
描述了在月光下寫詩，怡然自得的心境，而此詩，是描述詩人一大
清早，就「坐在書桌前」寫詩，心曠神怡之狀躍然紙上。請看：

　　　　筆，很有精神
　　　　稿紙也笑臉迎人

　　「詩意」就像「漂鳥」「輕快地／飛翔」。這是何等歡快、心
手相應的詩創作景象。

即景

一大早
煙囪便在那裡
說
髒話

難怪天空
一臉
陰霾

也難怪雲朵
紛紛躍入海中
洗
耳朵

《耕園》，菲律賓，二〇一三年。

此詩，選入聯合新聞網udn藝文閱讀「獨立作家詩選」──選自
《震落月色》詩集。

李怡樂注釋：

　　煙囪排放廢氣，污染空氣，嚴重地破壞了生態環境，危害人類
的身體健康。如今已成為世界各國共同關心的問題。

　　此詩中，煙囪、天空和雲朵都擬人化，別具一格地表達了詩人
對污染環境的憂慮。

在畫廊

相逢
舊友驚叫道：
「啊啊
　你一點也沒變」

我竊喜

妻
望著壁上的畫
輕聲說：
「湖　老了
　水面上
　滿是
　皺紋」

《耕園》，菲律賓，二〇一三年。

此詩，選入聯合新聞網udn藝文閱讀「獨立作家詩選」——選自
《震落月色》詩集。

李怡樂注釋：

　　一般人都喜歡聽好話。當朋友見面對你說，多年不見，你還是
那樣年輕，不變老。心裡頭總會沾沾自喜。

　　詩人以「妻」借壁畫上的湖景，表達了自己的言外之意。這也
是和權高明的一種詩創作的技巧。

守護神

她問：
什麼是守護神？

戰鬥機
航空母艦
坦克車
還有核彈
是
守護神

啊和平
以及全人類福祉的
守護神

《詩之葉》，菲律賓，二〇一三年。

李怡樂注釋：

　　武器是雙刃劍。沒有足夠的威懾力，自身難保，高喊捍衛世界和平，只能是笑話。

五行組詩

「金生水」

轟轟隆隆
機器
要來疏導了

堰塞湖
又驚
又喜

深怕機器
太粗魯
又喜自己
今後不
泛濫

「木生火」

假如
沒有這一塊
木頭
火，怎會
熊熊
燃燒

愛啊
心中的木
頭

「水生木」

淅瀝淅瀝
雨
終於盼來了

草木啊
一陣狂喜
怎能不一片
繁茂
旺盛

「火生土」

一片
焦土

全因
天上飛著導
彈

「土生金」

一心想要
報答父母的
恩情

金是
山岩的子女
永遠忘不了

養育之
恩

《世界日報》，菲律賓，二〇一三年。

新加坡名詩人周粲：

喜歡〈五行組詩〉。

——摘自EMAIL

住址

別問我
住在哪裡

怎能
告訴你
我體內那座金碧
輝煌
卻廢墟了的
地址

《耕園》，菲律賓，二〇一三年。

此詩，選入聯合新聞網udn藝文閱讀「獨立作家詩選」——選自
《震落月色》詩集。

李怡樂注釋：

〈住址〉是一首含蓄的詩。

在「體內」稱得上「金碧輝煌」者，非心莫屬。「心」。可實（心臟）；可虛（心思；心意；思想感情）。

「卻廢墟了」。直接解釋是，遭受破壞，變成荒涼的地方。在此，詩意的理解，應是曾受到（感情上）傷害，已處於心灰意冷之狀態。明白了以上兩點，請看此詩的起首：

「別問我／住在哪裡」。即是不想也不肯說之意。第二段：「怎能／告訴你」。雖不想說，接下去的四行詩句，詩人卻故意洩露天機。有欲擒故縱之妙。常言道：「直言易盡，婉道無窮」，即是詩要曲折而含蓄，才會韻味無窮。和權做到了。

在咀嚼此詩之餘，令人感到淡淡的淒涼。

淺溪

打開詩集
卻找不到
一朵花
只見到
字裡行間潺潺的
溪流
以及水中的

沙石

《乾坤詩刊》，臺灣，二〇一四年。

菲華詩評家李怡樂：

> 和權對偽詩的批評，寫得非常含蓄。

——摘自《千丈悲憫·序》

給女兒

如果
一定要在心房裡
掛點什麼
那就掛上
爸爸堅毅的
笑吧

每當妳感到憂傷
便會聽到
一陣爽朗的笑聲
那是說：沒事，沒事
爸爸就在
妳的身邊

《耕園》，菲律賓，二〇一四年。

菲華著名詩評家李怡樂：

> 此詩，和權以通順的口語，靈活地運用詩的轉化技巧，鮮明地

表達了對「女兒」深情教誨。可謂是深（用情）入淺（用字）出的
傑作。

——摘自《千丈悲憫・序》

不忍落花迷途

不忍落花迷途
我輕輕
撿了起來
放入
詩中

連春天
也一併放入詩中

讀詩的人啊
你心裡
是否充滿了
姹紫
嫣紅

《世界日報》，菲律賓，二〇一四年。

菲華著名詩評家李怡樂：

　　春花怒放，「處處聞啼鳥」。遭現實「風雨」打擊後，「花落知多少」，詩人以悲憫之心（「不忍。輕輕」），把「落花」「連春天／也一併放入詩中」……詩人把真、善、美呈現在讀者面前，給予正面、積極向上的人生觀。

——摘自《千丈悲憫‧序》

來生──結婚四十三年

如果妳是
靜坐於窗內
皺眉沉思的
人
我願是
風中的樹枝
一直彎
彎向妳的
窗前，默默地
看著妳
守著妳

《葡萄園詩刊》，臺灣，二〇一四年。

　　此詩，我曾用手機發送給國內一個老同學，兩分鐘後回信：「詩很美。我，喜歡。」……和權有豐富的情感，又有奇思妙想的天賦，成就了他的短詩繽紛多彩，意境奇特。

——摘自《霞光萬丈·序》

蜉蝣

凝視著
池塘裡的
蜉蝣

吃驚地
發現
它竟對著我眨眼
且說
我就是你
你就是我

《詩之葉》，菲律賓，二〇一四年。

李怡樂注釋：

　　《漢語詞典》：蜉蝣，昆蟲，幼蟲生於水中。成蟲生存期極短……

「凝視著」，感悟人生之短暫，與蜉蝣又有何區別，一瞬間完成了生、老、病、死全過程。

小雨

下了一夜
小雨
猶如針樣織著
童年

織出媽媽
牽我上學的畫面
織出媽媽
堅毅的微笑
啊織出她眼中的
淚
花

《耕園》，菲律賓，二〇一四年。

李怡樂注釋：

賞析詩篇，若能身入詩境，更能感受作者的真意：夜，微弱月光下，看窗外霏霏細雨如織，「織出」童年的情景。「媽媽」的相貌，慈祥的笑容和「眼中的／淚／花」──多麼真實，多麼親切。

送耳朵

葉子們
是風的子民

風
沒有耳朵
綠葉們開會後
一致通過
要送一對耳朵
給風
以便傾聽其子民
的
苦訴

《詩之葉》，菲律賓，二〇一四年。

李怡樂注釋：

　　「風」可能有「耳朵」嗎？答案是否定的。因此，「子民／的
／苦訴」，永遠也得不到「風」的垂聽。「風」掠過後，再來的是
另外的「風」。

笑容

賑災的物資是
一支
鑰匙

開啟了
貪官們的
笑容

《詩之葉》，菲律賓，二〇一四年。

菲華著名詩評家李怡樂：

　　和權的比喻手法總是千變萬化。此詩，鑰匙是很奇特的比喻，它用以開啟「笑容」……全詩十九字，含蓄，不用粗俗尖銳的字眼而達諷刺之效。

　　　　　　　　　　　　　　　—— 摘自《千丈悲憫·序》

仁者

只看到我在
黑暗中
發光

沒人注意
我淚流
滿臉

慈悲的蠟燭
這樣說

《乾坤詩刊》，臺灣，二〇一四年。

李怡樂注釋：

　　蠟燭既發光又「流淚」的形象，正是「仁者」的形象。一個很恰當的比喻。

憐

晨早
起來
發現陽台上
的草葉
都淚了

它們
也夢見
我

夢見的
孤兒嗎？

《詩之葉》，菲律賓，二〇一四年。

李怡樂注釋：

此詩顯然是有感而作。當詩人內心含著憐憫的淚，看到草葉上的露珠，「都淚了」。

一首詩

睡了三千年
倘若等到那對
賞識的眼睛
詩，就悠悠地
醒來

等不到呢
就再睡它個千年
萬
年

《詩之葉》，菲律賓，二〇一四年。

　　一首詩能夠存活數千年，自有其存活的價值。至於能否得到「賞識」，那是另一回事。時代不同，人們鑒賞的眼光也發生變化，一時「落選」，不等於永遠得不到「賞識」，總有一天會「醒來」。

黃昏飲茶

一壺
茶
書冊數本

一片
真情
詩千首

《詩之葉》，菲律賓，二〇一四年。

李怡樂注釋：

　　此詩僅十四個字，就勾勒出一幅下午茶詩人品茗賞詩，休閒的情景。
　　詩句精簡而意境優美。

中藥

現實
直搗過來的
重
拳

詩啊
一帖醫療內傷的中
藥

《世界日報》，菲律賓，二〇一四年。

李怡樂注釋：

　　「現實」喻「重拳」；「詩」喻「中藥」。詩人這獨特的比喻，新奇而準確。可見作者對中藥和詩都有深層次的認識。

修改

不必修改

兒女啊
都是一揮而就
愈看

愈滿意的好
詩

《商報》，菲律賓，二〇一四年。

李怡樂注釋：

詩人視「兒女」為自己精心創作的「好詩」，可見灌注的深意已入「境」；真情已入「景」。付出大量心血培育的「兒女」，不負期望，「愈看／愈滿意---」。

愉悅之情躍然紙上。

搖晃

青春
一塊逐漸溶解的
冰

化為水
在心中搖
晃

《詩之葉》，菲律賓，二〇一四年。

李怡樂注釋：

青春，人年齡中的青年時期。隨年齡的增長，青春逐漸消失，

而人的心智越來越成熟。如果說，青春是塊「冰」，確實是「一塊逐漸溶解的／冰」。

為適應工作、生活環境，人就得能伸能屈。經現實的磨礪後，像又冷又硬的「冰」，失去了稜角，溶解「化為水」，懂得「搖晃」即是懂得隨機應變。

怨恨

只想
靜靜地
躺在海灘上
看落日
看閃爍的
星子們

砲彈
導彈
核彈
很是怨
恨
它們去哪裡
都不是它們想去的
地方

《文訊雜誌》，臺灣，二〇一四年。

李怡樂注釋：

　　「砲彈」「導彈」「核彈」都是工具。它們不想殺人、破壞，只想靜靜「看落日」，看「閃爍的／星子們」。

月兒彎彎

憂思
搖晃的竹影

風
吹了一夜
也吹
不散

《耕園》，菲律賓，二〇一四年。

李怡樂注釋：

　　風，當然吹不散竹影。詩人就以此簡單的現象入詩，「竹影」喻「憂思」，整夜無法消除，望著「月兒彎彎」，失眠了。

霞光萬丈

雖不是
豪氣干雲的
旭日
卻依然霞光萬丈
燦爛了西天
美麗了山川
讓人
一再臨風
回首

你是落
照

《世界日報》，菲律賓，二〇一四年。

李怡樂注釋：

　　落日餘暉燦爛。此詩貌似讚美黃昏的景色，其實是對人生的感慨。一個人經歷數十年的風雨，積累了豐富的經驗、學識，正當大有作為「霞光萬丈」之際，卻已進入暮年。

飾

上蒼
飾藍天以飛鳥
飾大地以繁花

人們
飾天空以戰機
飾江山以砲火

《詩之葉》，菲律賓，二〇一四年。

李怡樂注釋：

　　「上蒼」給予人類幽美和諧的生態環境，上有靈鳥飛翔，下有繁花似錦。而「人們」卻用「戰機」、「炮火」，殘害生命，破壞文明建設。自作孽不可活。

碎石

你發誓
要
一步一腳
印

根本沒想到
腳底下
全是時間之碎石

《詩之葉》，菲律賓，二〇一四年。

李怡樂注釋：

　　在現實中，不如意事常八九。初入社會者，其理想總是美好
的：「要／一步一腳／印」。當身入其境後，才知道「腳底下／全
是⋯⋯碎石」。——舉步維艱，還會受傷流血。

楓樹

喝得滿臉紅通通
在秋雨中
悲悲淒淒地
哭泣

老樹
到底有什麼心事？
人間的苦難
與你有關嗎？

《詩之葉》，菲律賓，二〇一四年。

李怡樂注釋：

　　借酒消愁的「楓樹」，在淒涼的秋雨中「哭泣」。那是詩人對「人間的苦難」的憂思，以詩的移情手法，由「楓樹」來展現。

月光驚叫

老人家
臨走時
閃現在眼角的淚珠
輕聲的
說：

要做好人
要疼愛家庭
還有
不要亂發脾氣！

月光
驚叫道：
你聽見了嗎？
你聽見了嗎？

　　　　　　　　　　　《詩之葉》，菲律賓，二〇一四年。

新加坡名詩人周粲：

　　繪聲繪影，十分感人。

——摘自EMAIL

翅膀

慾望
是天空

天空
是龐大的鳥籠

嘲笑著
每一對
翅膀

《詩之葉》，菲律賓，二〇一四年。

李怡樂注釋：

　　慾望大如天，可視為不切實際的夢想。

　　「翅膀」喻為現實中的能力。詩人喻「天空」為「鳥籠」。很明顯，即使再強勁的「翅膀」也不可能飛出「天空」。

　　此詩啟示我們，凡是超越能力極限的慾望，都是空想。

狂妄

詩說：
我要成為天際
圓圓
皎潔的
月

亮麗古今

《詩之葉》，菲律賓，二〇一五年。

李怡樂注釋：

　　經得起歲月的篩選，廣大讀者喜聞樂見的詩篇，能夠傳誦百年、千年，的確「亮麗古今」。而這些詩篇的作者，當時豈能預知其作品的壽命。

　　唯有狂妄者，敢說狂妄之言。

溫馨甜美

輕撫著
躺在床上
老人家
稀疏的白髮
端詳她

滿額的皺紋
聽著
不太清晰的
語音

淚眼中
逐漸浮現
她往日的溫馨甜
美

《詩之葉》，菲律賓，二〇一四年。

新加坡著名詩人周粲：

感人至深。

——摘自EMAIL

江河與海潮

奔流向前
江河
一心想匯入大海

海潮
卻希望回歸

也希望
滋潤久旱的土地

你是江河
抑是
海潮？

《世界日報》，菲律賓，二〇一四年。

李怡樂注釋：

此詩，以「江河」、「海潮」喻生活中的兩種狀況：
一、像「江河」，一心想奔入大海，擺脫曲曲折折的生活現狀。
二、已成「大海」之水，卻總是想「回潮」，想「滋潤久旱的
　　土地」。
讀者可自問，處在何種狀況。

大哉問

放學回家
小孫子
問道：
什麼是胸襟？

牽著小手
我帶他
登上大樓的頂

層：
看到落日
那顆玻璃彈嗎？
看到遼闊的雲海嗎？
看到飛機
像小船般
搖過去嗎？

《文訊雜誌》，臺灣，二〇一四年。

李怡樂注釋：

要想回答小孩子的提問，不是件容易的事。帶他登高遠眺，親身感受比任何解說更有效。

耳朵

一生
聽了許許多多
話

最想聽的
還是
幼年生病時
媽媽守護在床邊
用眼睛

說的
那些話

《世界日報》，菲律賓，二〇一四年。

李怡樂注釋：

　　此詩讀後，頗有同感。

　　媽媽的眼睛最美、最亮。媽媽的眼神最真、最善。

刺繡

迷惘的是
刺繡
怎會這樣流行？

他們用
針
在人體上刺繡

也用
機槍
在人體上刺繡

《詩之葉》，菲律賓，二〇一四年。

　　詩人以民間高雅手工藝刺繡，聯想到人體紋身（幫派；囚犯……），聯想到戰爭中人員的傷亡等等。驚問：「怎麼會這樣流行？」令人震撼！詩人手中的「針」（此詩），針砭時弊，促人深省。

花問

落花問：
幸福
哪裡有？

流水說：
看！
炊煙起了
夕陽下了

《辛墾》，菲律賓，二〇一四年。

李怡樂注釋：

　　「花」，想當初眾人仰望它於枝頭，如今它凋謝於塵土，風光不再。「落花」對「幸福」產生疑問：「哪裡有？」
　　「幸福」的定義，是因時因事因人而定的。
　　「流水」代表時間。它閱盡了古今興衰。
　　「流水」以普通百姓的理解作答。當你勞作之後，看到家，家

裡有人等你回來共進晚餐，看「夕陽」無限好——一幅祥和寧靜的景象。幸福感油然而生。

厚

熄了燈
才看清楚
思念
比鋪滿一地的
月光
還

厚

《耕園》，菲律賓，二〇一四年。

李怡樂注釋：

　　「熄了燈」卻睡不著，睜著眼睛「清楚」看到「思念」「比……月光／還／厚」。「思念」竟然有厚度！可想而知，此思念是何等沉重。

　　別具一格的詩創作手法。

滄桑

風問：
什麼是滄桑？

葉子們
全都搖頭說
不知道
小鳥也吱吱喳喳地
說
不知道

落日
卻紅著眼睛
不說一句
話

《詩之葉》，菲律賓，二〇一四年。

新加坡名詩人周粲：

落日不說也說了。

——摘自EMAIL

一場夢

「很想看看
　人間的天堂」
外星人說

哦！
沿著炊煙那根細長的
繩索
滑下來
你，就看到啦

《詩之葉》，菲律賓，二〇一四年。

新加坡名詩人周粲：

　　異想天開。

——摘自EMAIL

短信

告訴
宇宙所有的
生靈
那蔚藍色的星球

我
曾留下了
一些情
一些愛

啊詩千首
一封短短的
信

《文訊雜誌》，臺灣，二〇一四年。

李怡樂注釋：

　　對自己創作的詩，有足夠的信心。「我」在「那蔚藍色的星球」所付出的「情」與「愛」，都在千首詩裡。就當作留給宇宙生靈們的「一封短短的／信」。

千丈悲憫

淚
潸然

心呀
不起眼的
噴泉
上蒼藉著它噴出千丈的

悲憫
滋潤人間

《詩之葉》，菲律賓，二〇一四年。

菲華著名詩評家李怡樂：

作者以具象「噴泉」，喻抽象「心」；以「淚」（實），喻
「悲憫」（虛）。「淚／潸然」，形容噴泉美麗的動態之狀……
「千丈的悲憫」，此「丈」字不是長度量詞，是詩意的形容詞。
如著名詩人非馬收到和權的詩集「霞光萬丈」，讚之為「詩光萬
丈」。

——摘自《千丈悲憫·序》

碎夢

有人做著
股票夢
有人做著
愛情夢
也有人做著
天下太平夢

唉唉
難怪清道夫
一大早

便在街上
掃著滿城的

碎夢

《辛墾》，菲律賓，二〇一四年。

李怡樂注釋：

　　凡人都愛作美夢。詩人以一個「清道夫」，則把虛無縹緲的
「夢」，非常自然的導引入現實世界。人生不如意事十之八九，故
而，一覺醒來，眼前盡是破碎的垃圾，「滿城的／碎夢」。

　　此詩巧妙地由虛轉實，揭示現實的殘酷，言簡而意賅。

橫眉

他們說：
你的詩　有很多
淚　也有
很多笑　看似平白
其實
難懂

我往太陽下一站
心想　管他
懂不懂

這一撇影子

是

橫眉

《詩之葉》，菲律賓，二〇一四年。

此詩，曾由李怡樂先生揮毫題寫於畫卷上。

菲華著名詩評家李怡樂：

　　此詩，具體的較完整的表達作者的詩觀。和權的詩是真情實感創作的，「有很多／淚／也有／很多笑」。……懂或不懂，得看「他」的文學修養程度而定。一篇作品，表達的是作者感觀，不可能符合所有讀者的口味。……值得一提的是，「這一撇影子」比喻「橫眉」，真是神來之筆。

──摘自《震落月色‧序》

曳著銀光

曳著銀光
殞星
快速地
撞向哪裡？

如果
媽媽也是一顆

殞星
它一定落在我的
心頭

《詩之葉》，菲律賓，二〇一四年。

新加坡名詩人周粲：

奇思妙想，但合情合理。

——摘自EMAIL

傾聽

為了俯耳靜聽
河流的
傾訴
月亮的
頭
低得快要碰到
山峰了

官
也會這樣
傾聽嗎？

《詩之葉》，菲律賓，二〇一五年。

新加坡著名詩人周粲：

奇思妙想。

──摘自EMAIL

畫路

發現
憐憫這一條寬廣的
路
竟走著許多人
縱使在淡淡的
星光下

於是
你又畫了一條
比同情悲憫
更寬廣
的路

《詩之葉》，菲律賓，二〇一五年。

李怡樂注釋：

　　大多數人都有惻隱之心，故而詩人說：「憐憫這一條寬廣的／
路／竟走著許多人」。

「憐憫」，是內心思想。詩人認為，只是懷有同情心是不夠的。詩人要用筆來「畫路」，用手中的筆以文字的形式，揭露世間的不平，針砭時弊……喚醒更多人，這就是一條有實際行動的「更寬廣／的路」。

此詩，由第一段的「虛」，轉入第二段的「實」。這是先虛後實的創作技巧，讀者不可不察。

山裡

遠遠
一縷裊裊的
炊煙
輕聲說：

啊太平歲月

《世界日報》，菲律賓，二〇一五年。

李怡樂注釋：

「山裡」，很靜的詩。

遠山，無風無雜音，只見一縷炊煙。可想而知山裡有人居住，正過著平靜的生活。

遠離城市的喧鬧，沒有污染的空氣，沒有紙醉金迷。樸素、安祥，與大自然融合一體的歲月，才是「太平歲月」。

留

化成樹
化成溪水
化成葉
化成沃土
來生啊
不管化成什麼
妳
仍然留在
我的

心中

《詩之葉》，菲律賓，二〇一五年。

新加坡名詩人周粲：

　　此詩，深情款款。

——摘自EMAIL

聲變

談話聲　變成
拍桌聲　變成

責罵聲　變成
槍聲砲聲
導彈聲

最後
變成倖存者
臉上
無聲的
淚

《詩之葉》，菲律賓，二〇一五年。

李怡樂注釋：

　　詩中通過「聲變」，由談判開始演變成戰爭，人類自相殘殺，
「倖存者」欲哭無淚。

　　此詩簡練，震撼力很強。

泡茶

想
是茶葉
情是壺裡滾燙的
水

倘若
不溫不熱

怎能
讓茶葉
舒放
怎能泡出清甘的

好詩

《詩之葉》，菲律賓，二〇一五年。

菲華著名詩評家李怡樂：

　　和權巧用泡茶與寫詩的共通之處，表達了欲創作「好詩」之不可或缺的重要因素。

——摘自《千丈悲憫·序》

靜夜·野渡

假如
燈光是
柔和的月光
桌面，就是無波的
江了
而把筆一橫
也就有了一隻
舟

至於野渡不野渡
悉聽
尊便

李怡樂注釋：

　　詩人以非凡的想像力，把「燈光」「桌面」和「筆」，幻化為
一幅幽靜的水墨畫：月光下，無波的江面上有一小船。讓讀者儘情
發揮想像。

快車・月光

想要擺脫煩惱
你
疾速
奔馳

不料
碩大的月亮
村鎮山野河流
連同
悲歡的記憶也都
撞入了
詩中

　　字面上似乎是開「快車」，欲擺脫「煩惱」。其實是不斷地寫詩（謂之「快車」），目之所及，「連同／……記憶」都能入詩。詩人和權確實有此本事。

筆

筆是
一盞燈

燈亮了
照見心中
的

憂思

《辛墾》，菲律賓，二〇一五年。

李怡樂注釋：

　　詩人的比喻既奇妙而合理。
　　心中的「憂思」，在「筆」下都顯露出來，好像「燈」照亮了深藏於心中的情感。

曙色

心，尚未向晚
詩境
卻開始
黃昏了

詩境
已是深夜
字裡行間
卻露出
曙
色

《世界日報》，菲律賓，二〇一五年。

李怡樂注釋：

　　「山窮水盡疑無路，柳暗花明又一村」。這種情形，在詩創作的過程中，常有的事。「曙色」所描述的，正是這樣令人又驚又喜的經驗之談。

歡欣共舞

睡前
喝濃茶

等於跟美夢
決裂

燈光
與書
也就徹夜
歡欣共舞了

《詩之葉》，菲律賓，二〇一五年。

新加坡名詩人周粲：

　這一首有含蓄的美。

——摘自EMAIL

峰會

相聚時
各國領袖們
都自許是
光芒四射的
鑽石

是呀
只有鑽石可以切割鑽
石

《詩之葉》，菲律賓，二〇一五年。

新加坡名詩人周粲：

能道他人所不能道。

——摘自EMAIL

鄉愁

妳說：
再過幾年
月光
就照不見兩岸的
鄉愁了

炮火
隨時照得見

《詩之葉》，菲律賓，二〇一五年。

新加坡名詩人周粲：

月光是光，炮火也是光。

——摘自EMAIL

家

每天
出門
如出航的
船

家是碼頭
慈母般
靜靜地
等
候

《詩之葉》，菲律賓，二〇一五年。

新加坡名詩人周粲：

文字甚完美。

——摘自EMAIL

光芒

一首詩
一顆閃爍的
星子

若干年後
什麼都不見了
只剩下
一點人性燦亮的
光芒

《詩之葉》，菲律賓，二〇一五年。

李怡樂注釋：

灌注真情的詩篇，其生命強盛將超越作者，繼續閃爍著「人性燦亮的／光芒」。

好詩傳誦千秋萬載。

新加坡名詩人周粲：

所以詩還是要寫的。

傷心的落日

寂寞
是電話筒
跟孤獨
聊了一個
黃昏

聊虐囚
聊人權
聊飢餓

聊自助餐
也聊傷心的
落日

《世界日報》，菲律賓，二〇一五年。

李怡樂注釋：

　　以寂寞黃昏起首，傷心落日結尾。寫出詩人對現實社會不平的無奈與同情。又是一首「憂思天下」的傑作。

新加坡名詩人周粲：

　　此詩，寫得很出色。

內心世界

夜
這隻老母雞
又孵出
一
隻

黎明

《詩之葉》，菲律賓，二〇一五年。

李怡樂注釋：

　　「雄雞一唱天下白」。「母雞」「孵出」「黎明」是可理解的。長夜的盡頭是黎明，是常識。詩中，以「老母雞」喻「夜」卻顯得新鮮。但重要的是，詩人要表達的是「內心世界」─「悟」的感受。這就很值得讀者們去深思尋味了。

一滴水

桌上
一滴水
快乾時，仍在
想
洗淨

世界

《詩之葉》，菲律賓，二〇一五年。

李怡樂注釋：

　　水，以洗濯污穢為己任。一種堅定的信仰，直至生命終結也不放棄。此詩以水喻人，有感而發。

船

現實是
惡浪滔天的海洋
船
抵達碼頭時
突然大笑：
寧願與大海
搏鬥
也不願停泊在寧靜
的港灣

啊！
你是
真正的
船

《詩之葉》，菲律賓，二〇一五年。

李怡樂注釋：

　　如果說勇於拼搏，才真是男子漢。那麼敢「與大海／搏鬥」，才是「真正的／船」。

罵

啾啾啾
呼嘯的子彈
破口
大罵：

你們掠奪
那是你們的
事
幹嘛讓我去
殺人啊！

《詩之葉》，菲律賓，二〇一五年。

李怡樂注釋：

　　這是無可奈何的事。「子彈」本身就是殺人工具（殺人或自殺），使用權在擁有者手裡。詩中的「子彈」應是智能子彈的雛形（讓我們拭目以待未來），看反戰人士的示威，讀者你作何聯想？

沈默

沈默啊
浩瀚的大海
深不見底

包容著
那麼多
那麼沉重
的

憂思

《詩之葉》，菲律賓，二〇一五年。

李怡樂注釋：

大海有時平靜，有時波濤洶湧。

詩人以「沉默」一詞，替代平靜，賦予大海人性化。

「沉默」，是忍。以最大的限度「包容著」，深藏不露，時機未到，不輕易顯示驚濤駭浪的力量。

「先天下之憂而憂」，承載著太多太沉重的「憂思」，大海「沉默」著。「大海」，只是詩人借題發揮的「物」。其言外之意，留給讀者去想像、去聯想。

碼頭

每天
都在夕照中
翹首
等待滿載而歸
的
船兒

在慾望的碼頭

《詩之葉》，菲律賓，二〇一五年。

李怡樂注釋：

我們知道，「翹首／等待滿載而歸」的，是那些打魚為生的家眷，站在碼頭上，望眼欲穿。詩中，「碼頭」，成了這一切情形的「代名詞」。

本是生活中平淡無奇的狀況，經詩人巧妙比喻，「碼頭」轉化為「慾望」，拓寬了詩的境界，給予讀者豐富的想像空間。

新加坡名詩人周粲：

乾淨俐落。

題古畫

庭院深深
有一荷池
後面是
一片鎖
鎖著門

唉　門後
鎖著
偌大的

相思

《詩之葉》，菲律賓，二〇一五年。

李怡樂注釋：

「庭院」，傳統中式庭院（指家庭）。

「荷池」，象徵庭院主人的清高。

「鎖」，象徵封建禮教的束縛。

「鎖著／偌大的　相思」。在封建社會，封建禮教的最大受害者，絕大多數是女子。此詩最後的詩句，也給讀者留下「偌大的」空間去發揮，增添「古畫」的詩情與畫意。

銅像有夢

縱使時間
銹蝕著我的
身心
依舊有夢
日夜
夢著一個

沒有戰爭的地方

《詩之葉》，菲律賓，二〇一五年。

人們不會忘記為國為民族而犧牲的英雄。「銅像」，永久讓人瞻仰。然而英雄的事跡，總是伴隨著歷史的記憶，「銹蝕著我的／身心」，並不會因時光的流逝而消失。

「銅像」擬人，有強烈的渴望：「日夜／夢著一個」「沒有戰爭的地方」。

可見，戰爭依然繼續著。

等

筆
不見了蹤影
稿紙
一直耐心地等待

總有一天
等
到
你

《辛墾》，菲律賓，二〇一五年。

李怡樂注釋：

眾所周知，筆與稿紙的關係。若要擁有自己的作品（詩；散文或小說……），筆和稿紙必須有親密的合作。故而，「稿紙」信心

十足，「總有一天／等／到／你」。

此詩供給讀者非常寬闊的聯想空間。

頑童

好玩的天性是以製造
亞當與夏娃
和蛇
放點歡樂。放點痛苦
放點妒忌。放點恩愛
大自然是頑童

竟釀成
大災禍

《詩之葉》，菲律賓，二〇一五年。

李怡樂注釋：

「頑童」喻「大自然」，既新穎又貼切。天心叵測，不按常理
出牌。故而地球上自有生物以來，就永無寧日。

夜的子宮

泡在
寂寥中
請消失我於靜之深處
請息止我的愁思
請安撫我以液體般
的月光
啊請收留我於
夜的子宮

不再驚醒
不再啼
哭

《世界日報》，菲律賓，二○一五年。

李怡樂注釋：

　　詩人渴望「靜」和柔的「安撫」。現世中種種困擾，使人「愁」、「驚」、「哭」無法解脫。此詩暗示，人生是一場苦難。

疤

逐漸忘卻自己
猶如

忘卻一段魂牽夢縈的
情

爾今
眼中只有眾生的
痛苦
它好像身上
一塊明顯的
疤

《詩之葉》，菲律賓，二〇一五年。

李怡樂注釋：

　　「疤」即是悲憫在心上的烙印。放棄小我，「先天下之憂而
憂」。

剪裁月光

瀉下來
月光
像一匹白布

是否
可以剪出

媽媽的
影像？

李怡樂注釋：

　　古今詩人，以月光中捕捉靈感，創作的詩詞多不勝數。而此詩的
簡明、深入淺出，及其表達技巧，「不特推陳出新，饒有別致」。

油漆

擺在墓前
這盆鮮艷的
紅花
美得有點亮
眼

守墓人說：
油漆過的

唉唉
很多情很多愛
不也是
油漆過

李怡樂注釋：

　　「油漆過」，貌似作假。但，為著保持「紅花」的鮮、美，只要是釋放正能量，便無可非議。至少證明「情未了」。

苦惱

雨
用悲調
述說人間的
苦惱
說了三天
還說不完

風
大聲喝道：
人間
也有快樂

《葡萄園詩刊》，臺灣，二〇一五年。

李怡樂注釋：

　　在我們生存的空間裡，有正則有負，有陰則有陽，有風則有雨。此詩中，「雨」象徵悲傷淒涼和「苦惱」；「風」象徵飄逸自由和「快樂」。

生活中不如意事，是「苦惱」的主因，「苦惱」使我們的身心健康處於陰雨綿綿的狀態。不如風和日麗，頭腦清醒有利於解決問題。此詩的結尾：「人間／也有快樂」。提醒讀者，以健康、樂觀的情緒應對生活，化淒風苦雨為和風細雨──「心存美好，無可惱之事」。

人生走廊

略帶憂鬱
這盞小小的
夜燈
發出微光
似照明昏暗的
走廊
人人都需要
夜燈
我這一盞
叫

詩

《世界日報》，菲律賓，二〇一五年。

詩集

被歲月
破舊了

好詩
卻坐在許多人
的心中
微微
笑著

《世界日報》，菲律賓，二〇一五年。

人間

在醫院
看到心慌、無助
在墳場
聽見悲痛、哭泣
眼睛說
除了這些
可以看更多的
溫馨和幸福
耳朵說
除了這些

可以聽更多的
笑聲

《耕園》，菲律賓，二〇一五年。

顯赫繁華

一大早
鳥兒
便在枝頭
吱吱喳喳地
問：
什麼是
顯赫繁華？

秋風笑道：
看！
狼藉一地的
花朵

《耕園》，菲律賓，二〇一五年。

黃昏的碼頭

詩是
黃昏的
碼頭
靜靜泊著
一艘艘
顛簸於海上
悲欣
的
歲月

《辛墾》，菲律賓，二〇一五年。

牽掛

中秋節之前
月亮
一直牽掛著
一件事

去年
那位
立在窗前
一面拭淚
一面

低吟「靜夜思」的
老人
還會出現嗎？

《詩之葉》，菲律賓，二〇一五年。

問落日

什麼時候
才會停止寫詩？

落日　繼續
在岷灣的波濤上
寫著醉人的
金句
輕聲說：
能寫多久就寫多久
能寫多美
就寫
多美

《詩之葉》，菲律賓，二〇一五年。

最高境界

什麼是
最高境界？

問錯人了
我
百年
糊塗呀

《詩之葉》，菲律賓，二〇一五年。

青草

相思　已蔓延至天邊
直到今生　仍在生長
躲也無用
瞧！　妳的後花園
甚至四周圍　都有
它的蹤跡

《詩之葉》，菲律賓，二〇一六年。

畫夢

童年　一張塗鴉的紙
畫滿了不同顏色的國旗
至今大都沒有去過　昨晚
又畫了一間林中亮著燈的
安靜的小屋　我也沒去過
裡面那長髮　皺著眉頭
等人的　美麗的女子
我見過　我見過

《詩之葉》，菲律賓，二〇一六年。

花展

驚艷於來自全世界的
芳姿　惟最美的　仍是
開在心頭　這朵小詩

《詩之葉》，菲律賓，二〇一六年。

端午節

即使在海外　也能聞到
幾千年來　棕葉包裹忠肝
義膽的香味

《詩之葉》，菲律賓，二〇一六年。

出國

過關時　那個機器
突然響起嗶嗶聲
搜遍全身　卻只有一首
昨晚　用風聲雨聲寫成的
思念母親
的

詩

《詩之葉》，菲律賓，二〇一六年。

創作

草色新雨中，松聲晚窗裡。

——邱為

墓前的一盆鮮花是
句號　你卻堅持成為
歌者繞樑的餘音　也不管
有沒有人傾聽

《詩之葉》，菲律賓，二〇一六年。

微曦中

一大早　便來
跟媽媽說話
說人間的紛亂　爭鬥
也說心中的
傷痛　墓園的大小樹
都啞然無語

雀鳥卻吱吱喳喳
唱著　一首又一首
快樂的
歌
而小花在枝頭

欲說還休
欲說還休

讀詩有感

寫了多年　這身體
竟然飄浮起來
愈來愈高
無法接近地面了

門

都說她的心
是一道緊閉的
鐵門

只要
你寫的是詩
是情真
意切的詩

用它　輕輕一敲
門
也就開了

《詩之葉》，菲律賓，二〇一六年。

生命的哀鳴

君看六幅南朝事，老木寒雲滿故城。

——韋莊

持誦大悲咒後　耳朵
變得異常靈敏　聽見游魚的
泣聲　聽見飛鳥的悲鳴
也聽見狗兒的哀嚎　啊生命

《詩之葉》，菲律賓，二〇一六年。

貝殼

於黃昏的海邊
拾起一枚
湧上沙灘的

美麗的貝殼
輕輕撫摸：

願你永在　時光的
波濤之外　不再沉浸於
苦海　也不再
浮沉於無盡的
悲歡

《詩之葉》，菲律賓，二〇一六年。

輪迴

死別已吞聲，生別常惻惻。

——杜甫

走出妳的視線　去到時間的
拐彎處　今生　卻仍然
走不出　唐朝倚窗女子的
心頭

《詩之葉》，菲律賓，二〇一六年。

失題四行

客去波平檻，蟬休露滿枝。

——李商隱

世界　碩大的沙漏器
才眨眼　就漏掉了一生
惟漏不掉情與愛　無盡的
靜

《詩之葉》，菲律賓，二〇一六年。

生態

生態　一本紙簿
有人用煙　　塗鴉
有人用霧霾　塗鴉
也有人用砲火　塗鴉
爾今　紙張
即將用盡
竟然連一張白紙
也不留

《詩之葉》，菲律賓，二〇一六年。

曇花（之一）

守候了一夜
只為　看
曇花

果然驚
豔
卻聽到一聲大叫：

誰不是曇花？

《詩之葉》，菲律賓，二〇一六年。

曇花（之二）

「我開得
　比你們還要
　美」
一朵曇花說

另一朵笑道
錯！我最馨香
美麗

話未說完
即已
凋零

《詩之葉》，菲律賓，二〇一六年。

嫩綠

颱風走了　瘡痍
滿目　大地哀傷無言
在微曦中
吐出　吐出　吐出
嫩綠
回應造化的
肆虐

《詩之葉》，菲律賓，二〇一六年。

窗

手機　一扇
打開的窗
讓你
看到了廣闊的

天地　卻也是
緊緊關閉的窗
看不到
坐在陽台上
的

她

《詩之葉》，菲律賓，二〇一六年。

侯機室

畫　一輪圓月
畫　一座山
畫　一間茅屋
畫　一盞燈
畫　一個人
嘴角掛箸笑

就是畫不出
牽著的腸
掛著的肚

《詩之葉》，菲律賓，二〇一六年。

草書

猶如
心事
書寫在空中
沒人看懂

裊裊的炊煙
每天　一大早
就在那裡
抄經

《詩之葉》，菲律賓，二〇一六年。

人生風波

大海　滔滔滾滾
浪濤猛烈地
拍岸　今日
在客機上俯望
竟仿如
瞧見杯子裡
小小的
風波

《詩之葉》，菲律賓，二〇一六年。

真理十行

他們宣布
若堅持不付
贖金
即將人質
斬首

烈日下
你　是否看到
鋒利的刀上
映出真理之
光

《詩之葉》，菲律賓，二○一六年。

夜雨淒淒

風鈴
哭出聲來

那是
對狗兒離去
生命的匆促

眾生之悲苦的
哭泣

《詩之葉》，菲律賓，二〇一六年。

問答

時光
也有厚度嗎？

哈哈大笑你說：
幾冊
詩集疊加的
厚度吧

《詩之葉》，菲律賓，二〇一六年。

一朵彩雲

被模仿　被抄襲
被嫉妒的眼光　刺了
千百次　卻笑著說：
這　並非容易啊

《詩之葉》，菲律賓，二〇一六年。

雨後

夜來風雨聲，花落知多少。

——孟浩然

你的詩　也不過是
一些花瓣　昨夜人生的
一場小雨　留下的

《詩之葉》，菲律賓，二〇一六年。

溫暖的手

誰言寸草心，報得三春暉？

——孟郊

躺在病床上
母親　含著淚
說：
讓我摸摸
你的臉

爾今
那隻手
仍在夢裡夢外

輕輕地
撫摸
我的臉

《詩之葉》，菲律賓，二〇一六年。

香蕉

腐敗了　籃子裡的
香蕉　統統扔啦　另類
腐敗　扔不去　就是
扔不去

《詩之葉》，菲律賓，二〇一六年。

與爾同銷萬古愁

初戀的喜悅　團聚的歡謔
人間的不平　陰陽兩隔的
苦痛　統統釀成濃郁的
酒　一飲三百杯

《詩之葉》，菲律賓，二〇一六年。

世界詩歌日

　　——三月二十一日是聯合國認定的世界詩歌日。

貧窮飢餓在臉上　　寫詩
廢氣毒氣在天上　　寫詩
子彈砲彈在身上　　寫詩
哀號聲在焦土上　　寫詩
連颱風　　地震　　以及霧霾
也在人間　　寫詩
今天
我卻無詩

　　　　　　　　　　　　《詩之葉》，菲律賓，二〇一六年。

歷史

　　　　王浚樓船下益州，金陵王氣黯然收。

　　　　　　　　　　　　　　　　——劉禹錫

歷史
住在傷口裡
一碰就
痛

　　　　　　　　　　　　《詩之葉》，菲律賓，二〇一六年。

夕陽斜照

> 孔明廟前有老柏
>
> ——杜詩

發現門外那棵老樹
葉已落盡　不再做夢
只靜下心來
看世事變遷

《詩之葉》，菲律賓，二〇一六年。

深山

遙指著
雲霧深鎖的
山　他說
裡面有彎彎曲曲的
河流　有深淵
有雨林
有噬人的
獸

啊他說的是
人心

《詩之葉》，菲律賓，二〇一六年。

痛

初昇的旭日　望著海面上
一隻被釣起　活蹦亂跳的
魚　用風浪　向蒼天嘶喊：
痛──痛──痛──

《詩之葉》，菲律賓，二〇一六年。

光陰

相聚時　短如迷汝裙的是
光陰　別後　綿然悠長似
滔滔江河的　仍是光陰

《詩之葉》，菲律賓，二〇一六年

花

紙花
請插在書案上的
瓶子裡

不准插在稿紙的
原野

原野上
所有的姹紫
嫣紅　都是
用來照亮
世界的

《詩之葉》，菲律賓，二〇一六年。

星光

「頭髮
　都稀疏了」
她輕聲說

找出一張舊照
讓她看　那一頭
濃密而烏黑的
頭髮

先是笑了
然後眼中閃著
星光

《詩之葉》，菲律賓，二〇一六年。

夕陽無限好

思念　直上雲霄的風箏
斷了線　也要飛往西方
佈滿雲霞的天際　飛往
母親的家

《詩之葉》，菲律賓，二〇一六年。

機場

炸彈引爆了
屍塊鮮血四散
從中　你看到
一面　飄揚的
象徵真理的
旗

《詩之葉》，菲律賓，二〇一六年。

問海鷗

問海鷗
問夕陽
問傷痕累累的
礁石
什麼時侯
生命才沒有起伏的
波浪

都不予回應

《詩之葉》，菲律賓，二〇一六年。

寫意

花落紛紛
每一朵
都在傾訴春夢
成空的故事　蝴蝶
卻翩翩翩飛　深信
花朵不凋
的

傳說

《詩之葉》，菲律賓，二〇一六年。

時光之海

從不嫌棄
船兒的破損　殘舊

心啊　這碼頭
永遠　默默
痴痴地
等箸你

《詩之葉》，菲律賓，二〇一六年。

鏡花

清晨
看到她站在窗前
對著陽台上
一朵美麗的
小紅花　梳髮

看清楚了
原來　鏡裡鏡外
都是
玫瑰

《詩之葉》，菲律賓，二〇一六年。

農舍

小溪邊　一座木屋
以炊煙的裊娜
告訴晚霞
這　就是幸福

《詩之葉》，菲律賓，二〇一六年。

給妳

夜深了
燈　也熄了

光　留下來
情愛　永遠亮在
心頭　照著
相伴　生的
人

《詩之葉》，菲律賓，二〇一六年。

浪花

沒有風　竟起浪
腦海中　即開即滅的
浪花　時刻都在問：
愛什麼　恨什麼　執著
什麼　放下什麼？

《詩之葉》，菲律賓，二〇一六年。

光

明明瞧見　燈熄了
卻發現　光　兀自
留在詩千首中　照亮
淒涼的夜晚

《詩之葉》，菲律賓，二〇一六年。

這樣想

階下青苔與紅樹，雨中寥落月中愁。

——李商隱

很想把這支筆　托運往

來生　留下苦惱　留下不平的

憤慨　無如　它們全在筆中啊

《詩之葉》，菲律賓，二〇一六年。

墓園（之二）

人生有情淚沾臆

——杜甫

明明聽見　斜陽

跪倒在石碑前哭泣

晚風卻說　那是墓中人

呼喚著你的名字　一遍遍

《詩之葉》，菲律賓，二〇一六年。

不准開花

波濤
對礁岩說：
不准浪花
盛開了

腦海中
慾念的浪花
卻開得更多
更大更
嬌豔

《詩之葉》，菲律賓，二〇一六年。

流年

每天　浪潮都準時
來收撿深深淺淺的
腳印

《詩之葉》，菲律賓，二〇一六年。

本詩榮獲中國八仙詩社擂台賽第一名。

今生

白雲　用悠閒
告訴你　天下無大事
又用雷聲隆隆　告訴你
大不了痛哭一場

《詩之葉》，菲律賓，二〇一六年。

和權寫作年表

一九六〇年代加入辛墾文藝社。努力於寫作及推動菲華詩運。

一九八〇年　詩作入選《中國情詩選》，常恩主編，青山出版社印行。

一九八五年　與林泉、月曲了、謝馨、吳天霽、珮瓊、陳默、蔡銘、白凌、王勇創立「千島詩社」。與林泉、月曲了掌編《千島詩刊》第一期至廿六期（共編二年半。不設「社長」位。和權負責組稿、審稿、撰寫「詩訊」、校對，以及對台、港、中、星、馬、美、加等地之詩刊的交流）。

一九八六年　擔任辛墾文藝社社長兼主編。

一九八六年　榮獲菲律賓王國棟文藝基金會「新詩獎」，評審委員：向明、辛鬱、趙天儀。

一九八六年　出版詩集《橘子的話》，非馬、向明、蕭蕭作序，台灣林白出版社刊行。

一九八六年　為菲華詩選《玫塊與坦克》組稿，並撰〈菲華詩壇現況〉。張香華主編，林白出版社刊行。

一九八六年　詩作〈橘子的話〉，收入台灣爾雅版向陽主編的《七十五年詩選》一書。張默評語：結構單純，引喻明確，文字淺顯，但是卻道出了海外華僑共同普遍的心聲。

一九八六年　應邀擔任學群青年詩文獎評審委員。

一九八七年　英文版《亞洲週刊》（*Asia Week*），介紹和權的《橘子的話》，並附和權照片。

一九八七年　加入台灣「創世紀詩社」。

一九八七年　脫離「千島詩社」。與林泉、一樂等創立「菲華現代詩研究會」。主編研究會《萬象詩刊》廿年（每月借聯合日報刊出整版詩創作、詩評論等。從不停刊）。

一九八七年　《橘子的話》詩集榮獲台灣華僑救國聯合總會華文著
　　　　　　述獎「新詩首獎」，除頒獎章獎金外，並頒獎狀。評
　　　　　　語：寫出華僑的心聲及對祖國與先人的懷念，清新簡
　　　　　　潔感人至深。

一九八七年　詩作〈拍照〉收入《小詩選讀》，張默編，台灣爾雅
　　　　　　出版社出版。張默說：「和權善於經營小詩。『拍
　　　　　　照』一詩語句短小而厚實，敘事清晰而俐落……其中
　　　　　　滿布以退為進，亦虛亦實，似真似假的情境……有人
　　　　　　以『自然美、純淨美、精短美、親切美、暢曉美』
　　　　　　（姚學禮語）來稱許他，亦頗貼切。」

一九八七年　台灣《時報週刊・七六九期》，刊出和權撰寫的〈獨
　　　　　　行的旅人〉（作家談自己的書。我寫「你是否撫觸到
　　　　　　衣襟上被親吻的痕跡」），並附和權照片。

一九八八年　與林泉、李怡樂（一樂）合著詩評集《論析現代
　　　　　　詩》，香港銀河出版社刊行。同時編選《萬象詩
　　　　　　選》。

一九八九年　二度蟬聯菲律賓王國棟文藝基金會「新詩獎」。評審
　　　　　　委員：蓉子等。

一九八九年　獲菲華兒童文學研究會、林謝淑英文藝基金會童詩獎。

一九九〇年　大陸知名詩人柳易冰主編的詩選集《鄉愁——台灣與
　　　　　　海外華人抒情詩選》（河北人民出版社），收入和權
　　　　　　的詩〈紹興酒〉，又在大陸著名的《詩歌報》「詩帆
　　　　　　高掛——海外華人抒情詩選萃」中介紹和權的生平與
　　　　　　作品。

一九九一年　詩集《你是否撫觸到衣襟上被親吻的痕跡》出版，羅
　　　　　　門作序，華曄出版社。

一九九一年　榮獲台灣僑務委員會獎狀。評語：華僑作家陳和權先
　　　　　　生文采斐然，所作詩集反映時事對宣揚中華文化促
　　　　　　進中菲文化交流貢獻良多特頒此狀以資表揚。並頒
　　　　　　獎金。

一九九一年　　詩評論〈迷人的光輝〉及〈試論羅門的週末旅途事件〉二篇，收入《門羅天下》（當代名家論羅門）一書，文史哲出版社。

一九九一年　　小品文〈羅敏哥哥〉，收入台灣《中國時報・人間副刊》溫馨專欄精選暢銷書《愛的小故事》，焦桐主編，時報文化出版社。

一九九一年　　獲中國全國新詩大賽「寶雞詩獎」。

一九九二年　　詩集《落日藥丸》出版，菲律賓現代詩研究會出版發行，列入「萬象叢書之四」。

一九九二年　　大陸著名詩評家李元洛評論文章〈千島之國的桔香——菲華詩人和權作品欣賞〉，收入李元洛著作《寫給繆斯的情書》，北岳文藝社出版發行。

一九九二年　　詩作〈落日藥丸〉，選入香港《奇詩怪傳》，張詩劍主編，香港文學報社出版。

一九九二年　　《落日藥丸》詩集，榮獲台灣「中興文藝獎」，除頒第十六屆中興文藝獎章（新詩獎）壹枚外，並頒獎金。

一九九三年　　台灣文藝之窗「詩的小語」（張香華主持）於七月四日警察廣播電台介紹和權生平，並播出和權的詩多首：〈鞋〉、〈拍照〉、〈鈔票〉、〈我的女兒〉、〈彩筆與詩集〉。

一九九三年　　榮獲菲律賓中正學院校友會「優秀校友獎」。

一九九三年　　台灣《文訊》月刊，刊出女詩人張香華的文章〈珍禽——認識七年來的和權〉，並附和權照片。

一九九三年　　童詩〈瀑布〉、〈我變成了一隻小貓〉、〈不公平的媽媽〉、〈螢火蟲〉四首，收入「世界華文兒童文學」（World Children Literature in Chinese）。中國太原，希望出版社刊行。

一九九三年　　詩作〈潮濕的鐘聲〉，榮獲台灣「新陸小詩獎」。作家柏楊先生代為領獎。

一九九四年　詩作入選台灣《中國詩歌選》。

一九九四年　詩作多首入選南斯拉夫版《中國當代詩選》，張香華編。

一九九五年　詩作〈橘子的話〉，選入《新詩三百首》（一九一七～一九九五。集海內外新詩人二二四家，三三六首詩作於一書。大學現代詩課堂上採作教材）。張默、蕭蕭編，九歌出版社刊行。

一九九五年　於聯合日報以筆名「禾木」撰寫專欄「海闊天空」至今。

一九九五年　二度榮獲菲律賓中正學院校友會「優秀校友獎」。

一九九五年　詩作多首入選羅馬尼亞版《中國當代詩選》，張香華編。

一九九五年　大陸評論家陳賢茂、吳奕錡撰寫〈談和權〉，收入評述菲華文學的史書。

一九九六年　台灣《時報週刊・九五九期》，大篇幅刊出和權的詩〈除夕・煙花——給妻〉（選自詩集《落日藥丸》），附謝岳勳之彩色攝影，及模特兒蔡美優之演出。

一九九六年　應邀擔任菲華兒童文學學會主辦第一屆菲華兒童作文比賽評審委員。獲贈感謝狀。

一九九七年　台灣《時報週刊・九八五期》，大篇幅刊出和權的詩《印泥》，附黃建昌之彩色攝影，及影星何如芸之演出。

一九九七年　五四文藝節文總於自由大廈舉辦慶祝晚會，多名女作家朗誦和權長詩〈狼毫今何在〉（朗誦者：黃珍玲、小華、范鳴英、九華等人）。

一九九七～一九九九年　應邀擔任菲律賓僑中學院總分校中小學生作文比賽之評審委員。獲贈感謝狀。

二〇〇〇年　《和權文集》出版，雲鶴主編，中國鷺江出版社出版發行。附錄邵德懷、李元洛、劉華、姚學禮、林泉、吳新宇、周柴評論文章。

二〇〇〇～二〇〇一年　再度應邀擔任菲律賓僑中學院總分校學生作文比賽之評審委員。獲贈感謝狀。

二〇〇六年　詩作〈葉子〉，收入台灣《情趣小詩選》，向明主編，聯經出版社刊行。

二〇〇八年　大陸評論家汪義生撰寫〈華夏文脈的尋根者——和權和他的《橘子的話》〉，收入他的評論集《走出王彬街》。

二〇一〇年　《創世紀詩雜誌・第一六二期》，刊出和權的詩創作〈從「象牙」到「掌中日月」十首〉，並刊出二〇〇九年十二月廿九日，攜一對子女訪台時，與創世紀老友多人在台北三軍軍官俱樂部雅集之照片。

二〇一〇年　台灣《文訊・二九二期》，刊出和權於二〇〇九年十二月三十一日，與多位創世紀詩社同仁拜訪文訊雜誌社（封德屏總編輯親自接待。大家一同參訪文訊資料中心書庫，並在現場留影）之照片。該期介紹和權生平及作品。

二〇一〇年　台灣《文訊・二九四期》，刊出和權詩兩首〈砲彈與嘴巴〉及〈集郵〉。附彩色攝影照片，十分精美。

二〇一〇年　於聯合日報社會版「海闊天空」闢「詩之葉」，致力提昇詩量詩質，影響社會風氣。

二〇一〇年　台灣《文訊・二九七期》再度刊出和權的詩二首〈咖啡〉與〈黑咖啡〉。附彩色攝影照片，至為精美。

二〇一〇年　詩集《我忍不住大笑》出版，楊宗翰主編，台灣秀威文化公司刊行（列入「菲律賓・華文風」叢書之十）。

二〇一〇年　《和權詩文集》出版，陳瓊華主編，菲律賓王國棟文藝基金會刊行（列入叢書之十）。

二〇一〇年　九月，詩作〈熱水瓶〉收錄南一書局出版之中學國文輔助教材《基測綜合題本》。

二〇一〇年　詩集《隱約的鳥聲》出版，楊宗翰主編，台灣秀威資

訊科技股份有限公司製作發行（列入「菲律賓・華文風」叢書之十九）。該書剛出版，國立台灣大學圖書館即購一冊。記錄號碼：B3723139。

二〇一〇年　〈獨飲〉一詩刊於《文訊》。附彩色攝影照片，很是精美。

二〇一一年　詩作多首譯成韓文，刊於韓國重量級詩刊。

二〇一一年　詩二首〈筵席上〉與〈礁〉，收入蕭蕭主編之《二〇一〇年台灣詩選》，亦即《年度詩選》一書。

二〇一一年　詩作〈橘子的話〉收入《漢語新詩鑒賞》，傅天虹主編。

二〇一一年　〈大地震之後〉一詩刊《文訊》。附彩色攝影照片，極為精美。

二〇一一年　詩作〈鐘〉又被台灣康熹文化（專門製作教科書、參考書的出版社）選入教材，亦即用於《高分策略——國文》。

二〇一一年　中、英、菲三語詩集《眼中的燈》出版，菲律賓華裔青年聯合會刊行。

二〇一二年　詩集《回音是詩》出版，楊宗翰主編，台灣秀威資訊科技股份有限公司製作發行（列入「菲律賓・華文風」叢書之廿一）。

二〇一二年　獲菲律賓作家聯盟（UMPIL）頌詩聖描轆沓斯文學獎 GAWAD RAMBANSANG ALAGAD NI BALAGTAS，該獎為菲國最高文學獎，亦為「終身成就獎」。

二〇一二年　三語詩集《眼中的燈》之菲譯版（由施華謹先生翻譯），在年度甄選的最佳國家圖書獎（National Book Awards）中入圍，該獎是菲國榮譽最高的圖書獎每年被提名的由各主要出版社出版的優秀書籍多達幾百本，能夠入圍的卻僅有數本。

二〇一二年　三語詩集《眼中的燈》除在菲國兩家主要書店 National Book Store 和 Power Books，上架出售外，也

在菲國數間大學被當作翻譯課本使用。

二○一二年　詩評集《華文現代詩鑑賞》，與林泉、李怡樂合著出版，台灣秀威資訊科技股份有限公司製作發行，列入新銳文叢之十九。

二○一二年　受聘為菲律賓「第一屆亞洲華文青年文藝營」之顧問。

二○一三年　馬尼拉計順市華校，擇取和權詩作〈殘障三題〉等，訓練學生朗讀。

二○一三年　二月十六日，華校學生在此間愛心基金會朗讀和權的作品〈樹根與鮮鮑〉、〈和平之城〉、〈殘障三題〉。

二○一三年　台灣某校高二課程有現代詩，侯建州老師把和權的作品拿出來分享討論。

二○一四年　詩集《震落月色》出版，台灣秀威資訊科技股份有限公司製作發行，列入秀詩人01。

二○一四年　和權的詩五篇〈漂鳥〉、〈在畫廊〉、〈住址〉、〈即景〉、〈一尾詩〉選入聯合新聞網udn閱讀藝文〈獨立作家詩選〉──選自《震落月色》詩集。

二○一四年　和權詩集《我忍不住大笑》、《隱約的鳥聲》、《回音是詩》、《震落月色》、《眼中的燈》（三語詩集）、《華文現代詩鑑賞》等著作，入藏北京「中國現代文學館」。

二○一四年　詩集《霞光萬丈》出版，台灣秀威資訊科技股份有限公司製作發行，列入秀詩人03。

二○一四年　和權的詩〈金錢草〉選入台灣名詩人張默傾力編成的第三部小詩選《小詩・隨身帖》。

二○一四年　十月，《創世紀》創刊一甲子，《文訊雜誌》特別展出創世紀一八○期詩刊封面，以及四十七位創世紀同仁風格獨具的詩手稿。和權的小詩手稿〈殘障三題〉，與他的照片和簡介一同展出。（地點：台北市紀州庵文學森林。日期：十月九日至十月廿六日）

二〇一五年　詩集「悲憫千丈」出版，台灣秀威資訊科技股份有限公司製作發行，列為讀詩人64。

二〇一五年　中國劇作家協會文學部主辦「華語詩人」大展（八五），推出和權（菲律賓）詩作二十二首。

二〇一六年　「唯美詩歌學會」推薦唯美菲籍華裔著名詩人和權詩作八首（附輕音樂）

二〇一六年　東南亞華語詩人作品選《三》，推薦和權詩作〈橘子的話〉、〈找不到花〉。

二〇一六年　台灣畢仙蓉老師朗讀和權詩作八首。字正腔圓且充滿感情的朗誦，令人一而再聆聽。

二〇一六年　中國萬象文化傳媒詩人，推薦和權的詩十二首。

二〇一六年　榮獲中國八仙詩社擂台賽「一等獎」，亦即第一名（全國各地三十多位知名詩人參賽）。

讀詩人90　PG1512

 和權詩三百

作　　者	和　權
責任編輯	盧羿珊
圖文排版	周妤靜
封面設計	蔡瑋筠

出版策劃	釀出版
製作發行	秀威資訊科技股份有限公司
	114 台北市內湖區瑞光路76巷65號1樓
	電話：+886-2-2796-3638　傳真：+886-2-2796-1377
	服務信箱：service@showwe.com.tw
	http://www.showwe.com.tw
郵政劃撥	19563868　戶名：秀威資訊科技股份有限公司
展售門市	國家書店【松江門市】
	104 台北市中山區松江路209號1樓
	電話：+886-2-2518-0207　傳真：+886-2-2518-0778
網路訂購	秀威網路書店：http://www.bodbooks.com.tw
	國家網路書店：http://www.govbooks.com.tw
法律顧問	毛國樑　律師
總 經 銷	聯合發行股份有限公司
	231新北市新店區寶橋路235巷6弄6號4F
	電話：+886-2-2917-8022　傳真：+886-2-2915-6275

| 出版日期 | 2016年12月　BOD一版 |
| 定　　價 | 360元 |

國家圖書館出版品預行編目

和權詩三百 / 和權著. -- 一版. -- 臺北市：釀出
版, 2016.12
　　面；　公分. -- (讀詩人；90)
　　BOD版
　　ISBN 978-986-445-164-7(平裝)

868.651　　　　　　　　　　105019416

讀者回函卡

感謝您購買本書，為提升服務品質，請填妥以下資料，將讀者回函卡直接寄回或傳真本公司，收到您的寶貴意見後，我們會收藏記錄及檢討，謝謝！
如您需要了解本公司最新出版書目、購書優惠或企劃活動，歡迎您上網查詢或下載相關資料：http:// www.showwe.com.tw

您購買的書名：＿＿＿＿＿＿＿＿＿＿＿＿＿＿＿＿＿＿＿＿＿＿＿

出生日期：＿＿＿＿＿年＿＿＿＿＿月＿＿＿＿＿日

學歷：□高中 (含) 以下　　□大專　　□研究所 (含) 以上

職業：□製造業　□金融業　□資訊業　□軍警　□傳播業　□自由業
　　　□服務業　□公務員　□教職　　□學生　□家管　　□其它＿＿＿

購書地點：□網路書店　□實體書店　□書展　□郵購　□贈閱　□其他

您從何得知本書的消息？

　□網路書店　□實體書店　□網路搜尋　□電子報　□書訊　□雜誌

　□傳播媒體　□親友推薦　□網站推薦　□部落格　□其他＿＿＿＿＿

您對本書的評價：（請填代號　1.非常滿意　2.滿意　3.尚可　4.再改進）

　封面設計＿＿＿　版面編排＿＿＿　內容＿＿＿　文／譯筆＿＿＿　價格＿＿＿

讀完書後您覺得：

　□很有收穫　□有收穫　□收穫不多　□沒收穫

對我們的建議：＿＿＿＿＿＿＿＿＿＿＿＿＿＿＿＿＿＿＿＿＿

＿＿＿＿＿＿＿＿＿＿＿＿＿＿＿＿＿＿＿＿＿＿＿＿＿＿＿＿＿＿

＿＿＿＿＿＿＿＿＿＿＿＿＿＿＿＿＿＿＿＿＿＿＿＿＿＿＿＿＿＿

＿＿＿＿＿＿＿＿＿＿＿＿＿＿＿＿＿＿＿＿＿＿＿＿＿＿＿＿＿＿

11466
台北市內湖區瑞光路 76 巷 65 號 1 樓

秀威資訊科技股份有限公司 　　　收

BOD 數位出版事業部

....

（請沿線對折寄回，謝謝！）

姓　　名：＿＿＿＿＿＿＿＿＿　年齡：＿＿＿＿＿　性別：□女　□男

郵遞區號：□□□□□

地　　址：＿＿＿＿＿＿＿＿＿＿＿＿＿＿＿＿＿＿＿＿＿＿＿

聯絡電話：(日)＿＿＿＿＿＿＿＿＿　(夜)＿＿＿＿＿＿＿＿＿

E-mail：＿＿＿＿＿＿＿＿＿＿＿＿＿＿＿＿＿＿＿＿＿＿＿